모자이크, 부산

모자이크, 부산

초판 1쇄 발행 2021년 10월 21일

지은이 김민혜 박영해 조미형 오영이 장미영 안지숙
펴낸이 강수걸
기획실장 이수현
편집장 권경옥
편집 신지은 김리연 윤소희 오해은 강나래
디자인 권문경 조은비
경영관리 공여진
펴낸곳 산지니
등록 2005년 2월 7일 제333-3370000251002005000001호
주소 부산시 해운대구 수영강변대로 140 BCC 613호
전화 051-504-7070 | 팩스 051-507-7543
홈페이지 www.sanzinibook.com
전자우편 sanzini@sanzinibook.com
블로그 http://sanzinibook.tistory.com

ISBN 978-89-6545-756-5 03810

테마소설집

모자이크, 부산

김민혜

박영해

조미형

오영이

장미영

안지숙

산지니

차례

다락방의
상자

김민혜

진교는 집 마당의 화단 턱에 걸터앉았다. 얼굴에 쓴 마스크를 시부저기 턱 가까이 내리고 담배 한 개비를 꺼내 물었다. 멀리 백양산에 던지는 그의 서름한 시선 너머로 허옇게 보이는 벚꽃무리가 구름처럼 떠 있었다. 그가 손가락 한 마디 정도 꽁초를 운동화 밑창으로 비벼 끄고 있을 때, 박 소장이 갈색 나무 상자를 들고 다가왔다. "다락방 도배하는데 이게 나왔어예. 버릴까예?" 그는 의아스런 눈빛으로 상자를 받아 들었다. 상자는 먼지로 뒤덮여 있었다. 박 소장이 목장갑 낀 손으로 먼지를 털어내자 회색 먼지들이 소르르 일어나 햇살 속으로 섞여 들어갔다. 밝은 햇살에 섞인 먼지 입자들이 기묘한 색으로 반짝이며 조금씩 퍼지며 날아갔다. 상자 위에는 'Made in U.S.A.'

라는 글자가 찍혀 있었고 잠금 고리를 열어 보니 사진, 편지, 손목시계, 향수, 카세트테이프, 전자기기 등 잡다한 것들이 들어 있었다. 오랫동안 처박혀 있었던 것일까. 구리터분한 냄새가 훅 끼쳐서 그는 순간 몸을 뒤로 젖히며 인상을 찡그렸다.

3년 전 회사에서 퇴직한 진교는 오랫동안 살았던 아파트에서 주택으로 이사하기 위해 집을 보러 다녔다. 처음에는 시골로 이사하려고 일 년 동안 아담한 전원주택을 찾아보았지만 아내는 도리질했다. 집이 마음에 들면 마을이 너무 으슥해서 싫고, 마을이 정겨워 보이면 마당이 좁거나 집 구조가 마음에 안 든다고 했다. 정든 친구들이 다 부산에 사는데 멀리 가면 외롭지 않겠냐며, 아내는 급기야 시골로 가는 걸 포기했다. 다시 부산에서 이사할 집을 찾아다닌 지 6개월, 진교와 아내는 도심과 가까운 지금의 집을 매수했다. 아내가 노후 주택이라 망설이자, 서양에는 100년도 넘은 집에서 산다고 설득했다. 공원이 가까워 시야가 시원하고 공기가 맑은데다 궂은 날씨에도 산책을 다닐 수 있다는 게 장점이었다. 아내는 병원과 마트가 가깝고 정원에 감나무, 치자나무가 있어서 마음에 든다고 했다. 오래된 집이라 손댈 곳이 많은 탓에 리모델링 공사가 진행 중이었다. 어쩌면, 이 집에 뼈를 묻을지도 모를 일이었다. 그는 공사 진행을 살피려고 시간 날 때마다 이곳에 들르고는 했다.

"내가 알아서 할 테니 일 보소. 이거는 뭐고?"

진교는 전자기기로 보이는 작은 물건을 만지작거렸다.

"그거는… 삐삐라고… 옛날에 누구 호출할 때 쓰던 건데예. 휴대폰 나오기 전에 와 기억 안 나는교?"

진교가 고개를 끄덕이자, 박 소장은 안채로 들어갔다. 그는 뚜껑을 덮고 잠금 고리를 채웠다. 전에 살던 주인이 가져가지 않은 모양이었다. 그는 안채에 들어가 물수건을 하나 찾아와 상자 겉면을 꼼꼼히 닦았다. 전 주인이 찾으러 올지 모른다는 생각에 상자를 차량의 트렁크 안에 넣어 두었다. 추억이 깃든 보물 상자처럼 보였다.

공사가 마무리되어 이사를 한 뒤, 그는 집을 찬찬히 둘러보았다. 페인트칠이 얼룩덜룩 벗겨져 갑각류 껍질처럼 너덜거리고 곳곳에 녹이 슬어 갈색 띠로 뒤덮였던 담이 매끈해지고 하얗게 달라져 있었다. 그 위를 방부목으로 된 울타리를 세우니 운치가 있어 보였다. 마당에는 흰 자갈과 편편한 조경석을 섞어 깔았다. 구석에 원목 테이블과 파라솔을 놓은 건 아내의 의견이었다. 감나무 두 그루와 치자나무 세 그루가 잘 어우러져 보였다. 가재도구를 부려놓으니 사람 사는 집 같아 정감이 느껴졌다.

아내가 주방에서 점심상을 준비하는 동안 진교는 작은 방으로 가 사다리를 타고 다락으로 올라갔다. 주방만 한 다락에는 볼품없는 A4용지 크기의 쪽창뿐이었지만 언젠가 손주들이 생긴다면 놀이방으로 이용할 것 같았다. 사다리에서 내려오는데 무심결에 공사 중 발견했다는 정체불명의 상자가 떠올랐다. 식사 준비가 다 되었다는 아내의 말을 귓전으로 들으며 차량으로 가서 상자를 꺼내 왔다.

"들고 있는 거는 뭐고?"

식탁에서 서성이던 아내가 상자를 보며 의문의 턱짓을 했다. 그는 상자를 거실 테이블에 놓고 식탁에 앉았다.

"공사할 때 박 소장이 다락방에서 찾은 거라. 이사 간 사람이 다락은 와 안 둘러봤는지 모르겠네."

그는 고개를 갸웃거리며 말했다.

"뭐가 들었는데?"

아내는 수저를 식탁에 놓으며 물었다.

"사진, 편지도 있고 삐삐도 있고. 미제 시계, 향수… 잡동사니…. 미제라서 그런가 나무 재질은 좋아 보이는데. 전 주인 연락처는 알고 있제?"

"계약서를 봐야지. 먼지는 좀 털었나?"

그는 아내를 보며 고개를 끄덕였다.

식탁에는 고등어구이와 재첩국이 차려져 있었다. 그가 냉장고에서 와인을 꺼내자 아내가 와인 잔을 두 개 가져왔다.

"수리하고 나이 영판 새집 같네. 군내도 안 나고. 세월을 품은 새 집이라 해야 되나. 나는 딱 좋다 마."

아내가 살짝 흥분된 어조로 말하고는 와인을 한 모금 마셨다.

"해석이 좋네. 생각 잘 했지를. 뼈대야 50년이지만 안에 들어오면 딱 아파튼 기라. 인자 어디 가겠노. 여기서 알콩달콩 사는 거제."

부엌 창밖으로 눈길을 주며 말하던 진교가 밥을 한 술 들려고 하자, 아내의 폰이 울렸다.

"그래. 연지동으로 이사했어. 뭐라고? 학원에 확진자가 다녀갔다고? 자가격리 2주? 구청에서 생필품이 도착했고. 알았어. 조심하고. 그래 다음에 놀러 오라매."

아내가 전화를 끊고 한숨을 내쉬었다. 처제의 전화

였다.

"혜인이 운영하는 영어학원에 코로나에 감염된 학부모가 다녀갔다 카네. 혜인이는 음성이 나왔는데 그래도 당분간 학원 문을 닫아야 할 끼고. 강사도 학생들도 2주간 자가격리를 해야 돼이… 하이고 큰일이다야."

아내는 고개를 절레절레 흔들었다. 아내보다 다섯 살 아래의 처제는 장전동에서 영어학원을 운영하고 있었다. 아직 미혼이어서, 아내는 처제가 신경 쓰이는지 자주 연락하는 눈치였다. 20대에 무슨 사건을 겪은 이후로 결혼에 대한 생각을 접었다는데 자세히 물어보지는 않았다. 첫사랑을 잃었다는 얘기만 은연중에 들은 기억이 났다. 결혼 초기에는 여행을 갈 때도 처제와 함께 다녔는데 그녀의 표정은 그리 즐거워 보이지 않았다. 웃음 뒤에도 우수에 젖은 표정이 종종 보였다. 가끔 좋은 남자를 소개해 주겠다고 말했지만, 괜찮다는 답변만 할 뿐 처제는 그의 소개에 응하지 않았다. 그는 사랑의 상처가 큰 것이라고 짐작했다.

진교와 아내는 식사를 했다. 점심상을 물리고, 진교는 소파에 앉아 상자를 열어 보았다. 훅, 이상한 냄새가 풍겼다. 그는 코를 싸쥐었다. 군내와 곰팡내, 야릇한 향이 뒤

섞여 오묘한 냄새가 나오고 있었다. 상자 속의 편지와 사진은 색이 바래고 낡아 희미하게 보였다. 편지는 모두 아홉 장이었고 사진은 세 장이었다. 남자는 미군의 복장을 하고 있었다. 여자는 어깨까지 내려오는 파마머리에 선글라스를 쓴 채 흰 블라우스와 남색 치마를 입고 있었다. 다른 사진은 희미해서 잘 보이지 않았다. 편지는 전부 영문으로 되어 있었다. 위에는 'To My dear H.I.'라고 적혀 있었고 편지 아래에는 'From J.F., 1991. 5.10.', 라고 적혀 있었다.

설거지를 마친 아내는 "전화해서 찾아가라 캐라. 남의 물건 우리 집에 굴러다니는 것 나는 딱 싫대이."라고 말하고는 방으로 들어갔다. 그는 아내의 말에도 아랑곳없이 편지 내용이 궁금해졌고 미군의 연애편지에 묘한 호기심이 밀려왔다. 비교적 알파벳 식별이 잘 되는 편지 한 장을 찾아 스마트폰 사전을 열어 뜻을 찾아보았다.

너를 만난 지도 6개월이 되었다. 부산 광안리 해변의 클럽에서 너를 처음 봤을 때, 친구들 속에 둘러싸여 있던 너는 누구보다 어여쁘고 노란 수선화 같았어. 영어 동아리의 회원인 너는, 영어와 한국어를 섞어서 말하는 게 옆자리에서도 들렸는데 나는 그때마다 발음을 교정시켜 주고 싶었어. 친구들처럼 열심히 배우려는 열성을 보며 나는 감동을 받기도 했어. 네가 앉은 테이블로 나는 생맥주를 보내주었고 너는 친구들과 돌아보며 댕큐, 댕큐를 연발하며 영어로 말해보려고 안달을 냈지. 그때 나를 바라보던 너의 맑은 갈색 눈동자에 난 반해버렸어. 외꺼풀의 눈, 가느스름한 어깨와 앙바틈한 몸집이 묘한 매력을 풍겼어. 너역시 날 보며 눈빛을 반짝였어.

두 번째로 만났던 날, 나는 너에게 말을 걸었고 너는 나비처럼 날개를 펴고 날아왔어. 너에게는 남자친구로부터 전화가 가끔 걸려 왔지만, 너는 신경쓰지 않았어. 그 남자를 친구 이상으로 생각하지 않는다며 눈웃음을 머금고 말했지.

오 내 사랑!

아내가 방문을 열어 진교를 내다보며 양미간을 찌푸리자 그는 편지를 후다닥 상자 안에 넣고 뚜껑을 덮었다. 그는 협탁 서랍에서 계약서를 찾아 전 주인에게 전화를 했다. 그가 상황을 설명하자, 상대방은 금시초문이라며 알아서 처분하라고 했다. 그는 머쓱한 표정을 지으며 전화를 끊었다. 아마 90년대에 살았던 사람의 물건인데 찾아가지 않고 다락의 한구석에서 오랫동안 뒹굴고 있었던 거라고 추정했다. 상자의 주인이 30년이 지나 새삼스레 찾아올 리는 만무했다. 미군과 사귄 여자라고 짐작했다.

진교는 오래된 물건을 모으는 습관이 있었다. 시간이 지나면서 그 물건들은 소중한 추억의 보물이 될 거라는 생각이었고, 절대 잃어버리거나 흘려버려서도 안 된다는 생각이었다. 학생 때부터 모으던 우표 책을 그는 아직 간직하고 있었다. 올림픽이나 대통령 취임 때마다 나오는 기념우표도 차곡차곡 모으고 있었다. 학교 숙제로 썼던 일기장 십여 권이며 졸업장, 정근상 등의 상장도 앨범과 같이 보관하고 있었다. 여행을 다니면서 작은 기념품을 하나씩 사서 모아놓기도 했다. 중요한 물건들을 상자에 모아 둔 그 여자에게 그는 일말의 동정심을 느꼈다.

"전 주인이 찾으러 온다 카더나?"

아내가 또 방문을 열고 고개를 내밀었다. 그는 멀뚱한 표정으로 생각에 잠겨 있다가 아내의 말을 듣지 못했다. 90년대에 살았던 여자가 이 비밀스런 상자를 찾아가지 않은 데는 무슨 곡절이 있는 게 아닐까. 그의 머릿속은 의문과 호기심으로 헝클렸다. 아내가 다가와 옆에 앉더니 상자를 열어보았다.

"아따 옛날 물건들이 소복하네. 이 배지는 뭐꼬? 이국적인 게 미군 군복에 달려 있었는갑네. 명품시계도 있고 향수도 있네. 시계는 고장나서 인자 안 될 끼고. 이 향수는 아직 조금 남아 있다야. 아이고 냄새 참 고약하대이."

아내가 옆에서 소곤대는 것도 아랑곳없이 그의 눈빛은 허공의 어떤 물질에 무심히 머물렀다. 마치 이 집에 그 주인이 유령처럼 떠 있기라도 한다는 듯이. 사진의 주인공이 그때 20대라면, 지금은 50대일 것이다. 그들이 누군지 찾을 수는 없을까. 이곳은 옛날 하야리아* 부대 주변이

* 1950년 6 · 25 전쟁 발발 후 미 극동사령부 산하의 부산기지사령부를 7월 3일 서면 경마장 부지에 설치하면서 당시 초대 사령관의 고향인 플로리다 주 도시이름을 따서 하이얼리어(Hialeah)로 이름지었다. 주한미군 측의 정식명칭은 캠프 하이얼리어지만 발음이 어려워 부산시민들은 하야리아 부대로 불렀다. '아름다운 초원'이라는 뜻을 가지고 있다.

니 미군이 살았을지도 모른다. 그 여자도 함께 살았을까?
미군은 떠났지만 여자는 어딘가 살고 있을지도 모른다.
결혼해서 함께 떠났을 수도 있었다. 그런데 왜 소중한 상
자를 갖고 가지 않았을까. 그는 상자를 찾아주고 싶다는
욕구를 억제하기가 힘들었다.

"전 주인은 아이고, 90년대 살았던 여자의 물건 같은
데… 하야리아 미군과 사귄 여자가 이 집에 살았는지도
모르지. 아이면 사귀다가 놀러올 수도 있었을 끼고."

그가 아내를 곁눈질하며 심드렁하게 말했다.

"소중한 물건 같은데 왜 안 찾아갔는고? 90년대면 30
년 전인데…"

아내가 고개를 갸웃거리며 말을 하다 카세트테이프를
만지작거렸다.

"사이먼 앤 가펑클, 카펜터즈, 하이고 감성 쩐다야. 이
거는 뭐꼬? Jeff's songs. 제프의 노래? 녹음한 건가. 카세
트 어딨노. 미군 노래 함 들어볼까. 이사올 때 다 버리뿟
제."

"있어도 글타. 30년 전 테이프가 제대로 작동이나 할
라꼬? 마 이리 두가."

진교는 아내에게서 상자를 받아 들고 다락방 구석에

올려두었다. 막상 버리기에는 선뜻 내키지 않았다. 누군가의 추억 상자에는 인연의 사슬과 무늬가 시간이라는 다리를 넘어 소록소록 녹아 있기 마련이었다. 버리고 나면 끝인데. 주인을 찾을 수만 있다면… 그는 아쉬움을 떨쳐내기 어려운 표정으로 다락방을 나왔다. 경찰에 분실물 신고를 해서 수사를 부탁해볼까? 그는 피식 웃으며 고개를 내저었다.

며칠 후, 진교가 소파에 앉아 신문을 들여다보고 있는데 서류봉투를 든 아내가 현관문을 열고 들어왔다. 부동산에서 등본을 찾아오는 길이라고 했다. 아내의 표정이 붉게 상기되어 있었다.

"상자에 대한 얘기를 해봤는데, 이 집에 무슨 소문이 있었다카네."

"소문? 뭐라 카더노?"

"옛날에 여기가 미군 사택이어서 미군이 살았단다. 미군이 한국 여자를 사귀었는데 술집 여자는 아니고 영어도 좀 할 줄 알고 똑똑한 여자였는데, 무슨 불미스런 일을 당했다네. 여자랑 동거한 모양이더라. 미군이 죽었는지 그 여자가 죽었는지… 암튼 누가 죽고 사단이 났다카네. 부동산에서도 소문을 들은 거라 자세히는 모르겠다

카고. 불길한 물건인데 갖다 버리뿌라. 엉성시럽다, 마."

아내가 손으로 손사래를 치며 언성을 높여 말했다.

"소문은 소문이고… 인자 신경 끊으래이. 내 알아서 처분할 끼다."

진교는 아내의 말에도 굽히지 않겠다는 듯 단호하게 말했다.

점심을 먹고 아내는 약속이 있다며 외출 준비를 하고 나갔다. 진교는 마당 구석에 있는 텃밭으로 갔다. 아직 씨를 뿌리지 않은 밭에는 잡풀만 올라와 있었다. 모자를 쓰고 창고로 갔다. 미처 창고를 치우지 않아서인지 내부가 어수선했다. 버려야 할 재활용품들이 커다란 박스 안에 들어가 있었고 긴 호스, 양동이, 호미와 삽, 물뿌리개, 목장갑 등이 어지럽게 널려 있었다. 창고 안을 대충 치우고 목장갑과 호미를 들고 와 텃밭 구석에 쪼그려 앉았다. 풀들은 생각보다 쉬 뽑히지 않았다. 오랫동안 손을 보지 않고 방치되었는지 풀들은 흙 속에 단단히 박혀 있었다. 시간은 작은 풀잎 같은 생명도 끈질기게 얽어매는 듯 싶었다. 잡풀 정리를 겨우 다 마치고 물뿌리개로 물을 뿌려 흙을 좀 고르고 나니 해가 서쪽으로 기울어 있었다. 그는 일어나 뻐근한 목과 다리를 움직여 풀었다.

저녁 시간이 되었는데도 아내는 집에 오지 않았다. 날이 어두워오는데 연락도 없이 이토록 늦는 날은 잘 없었다. 슬며시 걱정이 되기 시작했다. 시장기를 느꼈지만, 아내와 함께 먹기 위해 기다렸다. 아내는 전화를 받지 않았고 메시지에 대한 답장도 없었다. 여덟 시가 되자, 사위는 어둑해졌고 비까지 세차게 내렸다. 휴대폰을 소지하고 있으면 언제든 연락이 된다는 생각에 친구들 연락처도 받아두지 않았다. 그는 심장이 벌떡이며 타들어가는 느낌에 냉수만 연거푸 마셔댔다. 시장기를 견디지 못한 그는 주방으로 가서 라면을 하나 끓여 오미자주와 함께 먹었다.

진교가 소파에서 잠시 잠들었다가 눈을 떴을 때는 밤 열한 시였다. 장대비가 현관과 거실 창을 들이치는 소리와 구급차 사이렌 소리가 뒤엉켜 동물의 기묘한 울음소리처럼 들렸다. 이사 온 집을 못 찾는 게 아닐까? 실수로 전화기를 어디에 두었다가 잃어버린 것이 아닐까? 혹시 사고라도 난 게 아닐까. 그의 아내는 일상생활을 못 하는 정도는 아니지만, 기억이 어두운 편이고 특히 밤눈이 어두웠다. 창밖으로 하얀 광선이 빗금을 긋는가 싶더니 잠시 후에 우레가 들렸다. 그는 한숨을 연거푸 내쉬었다.

주택을 계약할 때나 공사 중에도 늘 아내와 함께 차를 타고 다녔기 때문에 시내에서 찾아오는 길을 모를 수도 있을 것이다. 이렇게 밤늦도록 돌아오지 못하리라고 그는 생각하지 못했다. 더구나 비가 오는 밤이니 더 걱정이었다. 어쩌면 진교가 수사를 부탁해야 하는 건 상자의 주인이 아니라, 아내인지도 모른다는 생각이 퍼뜩 스쳤다. 천둥 번개가 어둠을 내리치며 계속 흔들어댔다. 거실을 하릴없이 왔다 갔다 하던 그가 마스크를 쓰고 우산과 휴대폰을 찾아 들었다. 막 현관문을 열었을 때 전화가 울렸다. 휴대폰에서 뿜어져 나오는 불빛이 마치 캄캄한 바다를 비추는 등대 불빛처럼 보였다. 아내였다.

"여보, 여기 혜인이 집 앞인데 택시가 안 잡힌다. 우짜꼬. 운전해서 빨리 이리로 좀 와주면 안 되겠나."

"대체 우째 된 기야? 격리 중이라는데 거긴 또 왜 갔노? 지금 나가꾸마."

진교는 사고가 아니라는 사실에 안심이 되면서도 은근히 화가 났다. 장전동 처제의 집 앞에 도착하자 아내가 빗물이 뚝뚝 떨어지는 몸으로 조수석에 올라탔다.

"친구들이랑 저녁을 먹고 헤어졌는데 혜인이가 어디

못 나가니 먹을 것이라도 사주려고 장 봐서 갔지 뭐. 음식 장만하고 얘기한다고 시간이 그만큼 흘렀는지 몰랐는 기라. 나중에 보니 당신 전화가 와 있더라고."

"격리 중인데 가도 되나? 당신, 뒷좌석으로 옮겨 앉아야 되는 거 아이가? 와 이래 불안하노."

진교는 걱정스런 표정으로 아내를 흘깃거렸다.

"혜인이는 방에 따로 있었으니 걱정 안 해도 된다 마. 멀찌감치 떨어져서 차만 한잔했데이. 당장 먹을 것도 별로 없고, 구청에서 보내 준 게 다 즉석식품이더라고. 외출을 못 해서 그런지 내가 가이 얼매나 반가워하는지. 한참 수다 떨었다 아이가."

"처제가 혼자 살아 이럴 때는 참 불안한 기라."

"혜인이, 이제 이력이 나서 걱정 안 해도 된데이. 우리가 한 도시에 살고 있으이 서로 도우면 될 끼고. 이제 영어학원도 자리 잡았으이 괜찮다, 마."

"처제 젊었을 때 사귀던 남자가 죽었다 캤나?"

"그때 사연이 좀 있었는 기라. 가족한테도 쉬쉬하다 우리도 나중에 알았제. 한동안 우울증 치료 좀 받았을 끼라."

"외국인이었나?"

24

"이 사람이 와 이래 자꾸 물어쌓노? 구찮구로. 미국 남자다. 와 됐나? 아이고 찜찜해래이. 빨리 가서 샤워해야지, 원."

그는 처제에 대한 의문이 생기면서 고개를 갸웃거렸다. 혹시 상자의 주인일지도 모른다는 생각이 퍼뜩 들었다. 영어강사를 거쳐 40대 중반에 프랜차이즈 영어학원을 운영하면서부터 처제는 바쁘다는 핑계로 가족 모임에 잘 나오지 않았다. 1년에 한 번 볼까 말까 했지만 원장이 된 처제는 제법 관록이 느껴졌고 활기차고 밝아 보였다. 가끔 폰 안에서 원어민 목소리가 들리기도 했다.

진교는 처제가 의심이 들었지만 확실한 증거도 없이 아내에게 물어볼 수는 없었다. 맞다면 아내가 눈치를 못 챌 리가 없을 터였다. 그는 고개를 저으며 의심을 털어냈다. 그런데도 상자에 대한 미련을 쉬 떨치기가 어려웠다.

집에 도착하여 아내가 욕실로 들어가자 그는 다락에서 상자를 꺼내왔다. 편지를 꺼내어 수신인을 눈여겨보았다. 'My dear H.I.' 그는 아리송한 표정을 지었다.

진교는 산책을 하려고 시민공원으로 갔다. 북문으로 들어서자 길이 세 갈래가 보였다. 오른쪽 길로 들어서서

허청허청 앞을 향해 걸었다. 오른쪽 보조 잔디장에는 국제 아트센터를 건축하느라 높다란 회색 가림막이 둘러쳐져 있었다. 새순이 돋은 은행나무 도로를 따라가니, 말굽거리가 나왔다. 입구에 세워진 안내문에는 1930년대 일제강점기 때의 경마트랙이며 그때의 도로를 기념하기 위해 붉은 황토 포장으로 해놓았다고 했다. 진교는 말굽거리를 따라 걸었다. 노란 황매화가 바람에 따라 움실거렸고 흐드러진 벚꽃 옆에 봉오리가 맺힌 붉은 철쭉도 보였다. 퀀셋 막사였던 뽀로로도서관 부근에는 유채꽃이 많이 피어 있었다. 새 봄의 햇살에 수액을 가득 머금은 나무들의 잎들이 푸르러지고 가지가 실팍해지고 있었다.

평일인데도 산책객들이 많이 보였고, 곳곳의 잔디밭에 무리를 지어 돗자리를 깔고 앉아 음식을 먹고 있었다. 고개를 돌려 보니 사병이 보초를 서는 망루가 보였는데 진교는 그곳이 가장 부대다운 모습을 보여주는 곳으로 느껴졌다. 바닥에는 철제로 된 탄약통 같은 것들이 켜켜이 쌓여 있었는데 1985년부터 2006년까지라고 표기되어 있었다.

3미터도 넘는 긴 나무 기둥들이 일정한 간격으로 주욱 세워진 곳에서 진교는 걸음을 멈추었다. 대략 세어보니 40개가 넘었다. 안내문에는 기억의 기둥이라고 되어 있었는데, 하야리아 부대 당시 나무 전봇대로 꼭대기에 태양광을 장착해서 세워둔 것이었다. 전봇대야말로 그 시대를 적나라하게 비추는 것 아닌가. 그는 고개를 끄덕였다.

진교는 미군부대가 사라지고 남은 흔적들이 이물스럽게 보였다. 시민의 품에 돌아왔지만 미국의 잔재가 군데군데 남아 있었다. 우리의 땅에 뿌리내리고 있으면서도 미군부대였던 그 시간들은 감추어지지 않고 불쑥불쑥 튀어나왔다. 그는 그게 이상한 조합처럼 보였다. 역사는 세월이 흘러도 묻히지 않고 오롯이 떠오르는 법이라고 말하는 것 같았다. 저 높다랗게 치솟은 기억의 기둥처럼.

진교는 하야리아 잔디밭 쪽으로 걸었다. 누군가 웃으며 다가오는데 자세히 보니 친구 현욱이었다. 모두 마스크를 쓰고 다녀서 눈여겨보지 않으면 잘 알아보지도 못할 판이었다. 대학동창인 현욱과 10년 전 식당에서 우연히 만난 후, 자주 연락하고 있었다. "오랜만이데이." 반갑게 손등으로 악수를 하고 함께 걸었다. 현욱은 북카페로 가서 차를 한잔하자고 했다. 걷다 보니, 흔적극장 앞이었다. 원형극장 형태의 가운데에는 갈색의 삼각기둥이 우뚝

세워져 있었고, 지붕에 '흔적극장'이라는 글자가 흰색 고
딕체로 새겨져 있었다.

"여기는 뭐하는 데고?"

진교가 발걸음을 멈추고 현욱에게 물었다.

"영화나 공연을 관람하는 극장이었는데 미국영화를
직수입해서 상영한 곳이었제. 지금은 입구만 남았는 기
라."

현욱이 말했다.

"부대 안에 극장이라… 미국인들은 참 여유만만했네.
군인들이 영화 볼 여가를 다 누리고. 우리하고는 다른 기
라."

"민주주의가 빨리 도입된 선진국이라 그런 거제."

진교와 현욱은 북카페 쪽을 향해 계속 걸었다. 굴거리
나무, 후박나무들을 지나 흰 꽃들이 나지막하게 지천을
이룬 조팝나무 군락지가 보였다. 하얀 눈가루를 뿌려놓
은 것 같았다. 꽃들 앞에서 산책객들이 사진을 찍느라 분
주했다. 부대의 학교건물이었던 시민사랑채 백산홀 앞에
노인들이 백신을 접종하려고 줄지어 앉아 있었다.

"우리가 이 땅을 되찾은 게 어디고."

"맞다. 이제야 우리 땅으로 마음껏 누리고 다닐 수 있

으이… 감개무량, 상전벽해 아이가."

"이게 다 시민단체들이 합심하여 꾸준히 문제를 제기
하고 반환운동을 열심히 한 덕분 아이겠나."

현욱이 진교를 보며 흥분된 어조로 말했다.

"맞다. 고생 없이 얻는 게 뭐 있을라꼬. 우리 대학 다
닐 때, 주한미군 철수하라고 얼매나 데모 했노? 미군부대
안에 쳐들어가기도 안 했나. 미군 측에서 무슨 일인지 당
황해갖고 우왕좌왕하던 거 기억나나. 우리도 마찬가지로
어디가 어딘지 몰라 우왕좌왕했제. 나중에 경찰이 와서
주동 학생들 다 연행해 갔제. 니 기억나나?"

진교가 기억을 더듬으며 말했다.

"맞다 기억나지를. 그때 경찰도 우왕좌왕했지 싶은데.
다 인고와 부침의 세월인 기라. 그런 시간들이 있었기에
이 땅을 밟아보는 거제."

북카페에 들어섰다. 손님들은 혼자 띄엄띄엄 앉아 책
을 보고 있을 뿐, 한산했다. 탁자에는 교대로 '거리두기'
스티커가 붙여져 있었다. 차를 주문하기 전에 열 체크를
하고 방명록에 시간과 사는 구, 연락처 등을 기입했다. 두
사람이 자리에 앉고 차가 놓였다.

"어렴풋이 생각난다야. 우리 중학생 때였나? 부대 개

방했을 때 한 번 들어와 봤거든. 추수감사절 같았는데…
부대 정문이 확 열리자 우리가 기다렸다는 듯 안으로 쏟
아져 들어갔지를. 정문에서부터 매대가 주욱 늘어서고 부
스별로 각 나라와 지방의 음식을 팔았는데 꼭 박람회 같
더라고. 햄버거, 피자, 전주 비빔밥, 춘천 닭갈비, 산성 막
걸리, 빈대떡…. 전부 싸게 팔았다 아이가. 음식뿐 아니라
옷, 신발, 잡화, 없는 게 없을 정도로 시장이 열린 거제. 하
늘에서는 낙하산이 내려오고, 광대가 어슬렁 돌아다니고.
어른 아이 할 것 없이 그 축제를 즐겼는 기라. 동전을 던
져 표적을 맞히면 여자가 물에 빠지는 게임도 생각난다."

진교는 아련한 표정으로 먼 기억을 더듬었다. 생각에
집중하느라 그런지 얼굴이 뻣뻣해지고 눈가가 불뚝거리
는 느낌이었다.

"한번은 사령관 숙소에 들어갈 기회가 있었거든? 그
날 스테이크를 실컷 먹었는 기라. 그때 먹은 미국 쇠고기
가 우째 그래 맛있겠노. 이 카페가 그때 사령관 숙소였다
카이. 세월이 흘러 이런 북카페가 될지 누가 알았겠노."

현욱이 북카페를 둘러보며 말했다.

"내 얘기 함 들어봐래이. 이번에 이사한 집에서 이상한
상자 하나가 나왔는 기라. 한국 여자가 미군과 사귀다가

갖게 된 상자 같기는 한데… 미군한테 받은 걸로 보이는 선물도 들어 있더라고. 무슨 사연이 있었는지 자꾸 궁금해지고 주인을 찾아주고 싶은데. 우째야 되겠노….”

“하야리아 부대가 주둔해 있을 때 술집이나 클럽에서 미군들한테 몸 파는 여자들이 좀 많았나. 우리나라가 6·25 전쟁 후에 얼마나 못 살았노. 미군들이야 물자가 넘쳐났지. 그런 미군하고 결혼이라도 해서 미국 갈라고 몸이 들썽들썽한 여자들이 줄을 섰는 기라. 내가 부대 PX(Post eXchange)에서 5년쯤 근무했다 아이가. 그때 남문 근처에 살았거든. 상권이 제법 활기가 있어서 주변 상가는 돈벌이가 좀 쏠쏠했지.”

“PX? 거기는 우째 들어갔는데?”

“우리 삼촌이 그 당시 하야리아 카투사였다. 소개로 들어갔는데 평생 직장은 아이라 마 나왔지.”

“듣기로 수입이 짭짤했다 카던데. 미제 물건들 입맛대로 살 수 있었을 끼고. 거기 있는 상품들 들고 나와 한국인들한테 마이 팔아 묵었제?”

“법적으로는 안 된다 카는데 야미로 몰래 빼돌려 좀 팔아뭇다. 면세라서 싸고 미제라 하니 니도 나도 달려들대. 과자, 냉동식품, 빅팜(소시지), 초콜릿, 커피, 양주, 담배, 생필품… 없는 게 없었제. 부대의 3번 게이트로 나 같은 판매원이나 한국인 노무자들이 많이 다녔다 아이가. 미군들도 퇴근시간 지나면 그 문으로 나와서 양복점이나 양화점에서 양복, 구두를 맞추기도 하고 클럽에 가서 술을 마시기도 했제. 그 게이트는 한국과 미국의 경계선인 기라. 그 문만 넘어서면 미국이라 카이. 병원, 학교, 마트, 영화관, 야구장… 미국의 한 도시가 옮겨왔다 말이지."

"니도 나도 넘어가고 싶었겠네."

"그기 마음대로 되나? 신분증이나 출입증이 있어야 제."

창밖으로 우람한 왕벚나무 한 그루가 휘우듬 기울어져 보였다. 하야리아 부대의 역사와 함께 저 자리를 묵묵히 지켜온 나무일 터였다. 세월과 바람과 햇살이 저 나무 둥치의 무게에 실려 있으리라. 그때의 미군들도 봄이 되면 저 왕벚나무 앞에서 사진을 찍으며 햇살을 받았으리라. 누군가는 떠나고 또 누군가는 그 자리를 지키는 법이다. 진교는 창밖을 보며 생각에 잠겼다.

"요새 별로 할 일이 없어 그런지 그때 무슨 일로 그 상자를 안 가져갔는지 자꾸 궁금한 기라. 편지 날짜가 91년이니까 여자는 50대가 되었지 싶다."

"그때 미군들 사건 사고 많았다 마. 폭력도 마이 일어 났고. 한국 여자들하고 죽니 사니 마 되기 시끄러웠다 아이가. 그기 그래 궁금하나?"

"무슨 곡절이 있었을 끼라. 한국 여자한테 무슨 사연이 있는지도 모르고. 우째 찾아주는 방법 없겠나 말이다."

"시간이 너무 오래 돼뿌서 되겠나? 신문사에 한번 물어볼까? 아는 기자가 한 사람 있기는 한데 될랑가 모른데이."

"안 바쁘면 좀 알아봐 두가. 내가 술 한잔 사꾸마."

"함 알아보기는 하는데 너무 기대하지는 마래이."

진교는 실죽 웃으며 고개를 끄덕였다. 왠지 실마리를 잡을 수 있을 것 같은 예감이 들었다.

현욱으로부터 연락이 온 것은 일주일 후였다.

"김 기자가 지난 91년도 보도자료를 뒤졌는데 1991년도 8월에 하야리아 부대 인근 클럽에서 폭력사건이 발생한 기록이 나온다 카네. 미군들 사이에 사건사고가 워낙 많았다는 거는 알고 있제. 한국인 청년이 크게 다쳐 응급실로 실려 갔다는 자료도 있다 카고. 근데 이 정도 갖고 상자의 주인을 찾기란 광안리 백사장에서 바늘 찾기 아이가. 지금 또 그걸 캐서 우째 주인을 찾을라꼬. 진교야,

마 됐다. 그만해래이."

진교는 현욱의 말을 듣는 순간, 눈에서 불꽃이 일어났다. 폭력 사건이 많았다고 하지만, 연도가 일치하는 걸로 보면 어느 정도 연관성을 유추해볼 수 있을 것 같았다. 그는 심장박동이 빠르게 뛰는 걸 느꼈다.

"현욱아, 진짜 고맙대이. 더 자세히 알고 싶지만… 마 됐다."

"그게 전부다 마. 내가 의리로 봐서 그 정도라도 알아낸 거데이."

보도 자료에 남아 있는 사건이라면, 일간지에도 나왔을지 모른다는 생각이 퍼뜩 스쳤다. 그는 전화를 끊고 내친김에 인근의 도서관으로 향했다. 정기간행물 열람실로 들어가 1991년 8월의 지역 일간지를 부탁했다. 사서는 서고로 들어가더니 한참 후에 신문철을 들고 나왔다. 그는 열람실 테이블 위에 신문철을 펼치고 사회면 기사를 차곡차곡 넘기며 읽었다. 미군부대와 관련된 기사는 11일자 하단에 짤막하게 나와 있었다.

"미군과 한국 남자, 연인을 두고 시비 끝에 폭행"
10일 저녁, 하야리아 부대 정문 앞 ○○클럽에서 미군과 한국 남자 사이에 언쟁이 벌어져 폭행으로 이어졌다. 두 사람이 크게 다쳐 응급실로 실려갔다. 미군과 교제한 것으로 알려진 한국 여자는 다친 한국 남자의 전 연인으로 밝혀졌다.

연도와 일자가 비슷한 것으로 보아 상자와 관련된 것이라고 진교는 추정했다. 한국 남자와 미군이 한 여자를 사랑한 데서 발생한 치정 사건임이 분명해 보였다. 소문에 누군가 죽었다고 했는데… 혹시 이 기사와 관련 있는 게 아닐까? 그 충격으로 여자는 상자를 챙길 염도 없이 급히 떠났고. 진교는 머릿속으로 상상을 거듭했다. 그렇다 하더라도 그 여자의 행방을 찾는 일은 묘연했다. 그는 한숨을 푹 내쉬며 고개를 가로저었다. 그때 갑자기 처제가 떠올랐다. 젊을 때 사귀던 남자가 죽었다는 얘기가 생각났다. 혹시…. 처제의 격리기간이 끝나면 한번 불러내어 밥이라도 사주면서 은근슬쩍 옛날 시절을 떠보면 뭔가 실마리가 잡힐 것 같았다. 그래도 확실하지 않다면 미련을 단호히 끊어야겠다는 생각이 들었다.

집으로 돌아오자, 아내가 소파에 앉아 휴대폰을 터치하고 있었다.

"아무래도 주인 찾아주는 거는 글렀지 싶다. 신문 찾아봤는데 사건 기록은 있어도… 그 여자 행방을 찾기는 역부족인 기라."

진교가 아내의 옆에 털썩 앉으며 말했다.

"잘 생각했데이. 주민 센터에 주소를 의뢰할 수는 있어도 인권이니 정보 유출이니 해서 안 알려줄 끼고. 버리고 간 걸 찾아주려고 애쓸 필요도 없는 거 아니가. 됐고 이 사진 함 봐라. 혜인이가 집에만 있어 심심한지 여행 가서 찍은 사진들, 인스타그램에 주욱 올려놨는 기라."

아내가 안도의 눈빛으로 말하고는 휴대폰을 내밀었다. 처제의 인스타그램 닉네임은 'HI-song'이었다. 사진은 주로 유럽에서 찍은 사진이 많았다. 그는 처제의 영문 닉네임을 자세히 들여다보다 화들짝 놀랐다. 선글라스를 쓰고 찍은 얼굴 또한 상자 속 사진과 닮아 보였다. 그는 어, 하며 눈을 휘둥그레 뜨고 아내를 쳐다보았다. 처제 이름이 혜인이지? 그는 벌떡 일어나 다락에 있던 상자를 들고 왔다. 아내의 옆에 앉아 상자를 열어 편지를 꺼냈다. 편지의 영문 이름과 처제의 닉네임 영문이 같았다. 그의 머릿속으로 뭔가가 뇌우처럼 번쩍였다.

"당신, 상자는 왜 또 갖고 오고 난리고?

"혜인 처제 아인나. 미국인과 사귀었다고 한 거 맞제, 20대에. 혹시 미군 아이가."

"그래. 영어공부 한다고 그 애가 외국인들 잘 쫓아다녔거든. 미군? 와그라노?"

그는 회심의 미소를 지었다. 이제야 마지막 퍼즐을 찾을지 모른다는 생각에 심장이 콩닥거렸다.

"이 사진 자세히 들여다봐라. 누구 닮았노?"

진교가 사진을 꺼내 아내의 눈 가까이 내밀자, 아내가 눈을 부릅뜨고 들여다보았다.

"이 사진이 혜인이 닮았다꼬? 지금 자다가 봉창 두드리나? 아이다. 내가 그걸 모르겠나? 우리 혜인이 절대 아이다, 마."

아내가 격앙된 목소리로 말했다.

"이 편지에 적힌 거랑 인스타에 있는 거랑 이니셜이 같다 아이가. 나이나 사진도 좀 비슷하고. 그러니… 잘 생각해 보라카이. 사귀던 남자가 죽었다 안 캤나."

편지를 든 진교의 손이 덜덜 떨리고 심장이 두방망이질 치고 있었다. 상자에 대한 의문과 헝클어진 퍼즐 조각들이 그의 머릿속에서 차례로 맞추어지고 있었다. 아내는 절대 아니라는 표정으로 고개를 절레절레 흔들었다.

"참 당신도, 내가 혜인이가 알고 지낸 집을 몰라 여기로 이사 왔겠나? 할 일이 없으니 별 상상을 다하고… 어디 봉사활동이나 하러 다니라 차라리. 거기에 왜 우리 혜인이를 집어 넣노. 기가 막히대이."

아내가 벌게진 얼굴로 그를 노려보았다. 그는 여전히 아내의 말이 믿기지 않는 듯 고개를 갸웃거렸다.

"가만있어 보래이. 미군은 절대 아일끼고… 원어민 강사랑 2년 정도 사귄 적 있었을 끼야. 가끔 만나서 밥을 먹고 맥주 한잔하고, 그러다 좀 사이가 깊어졌는데 그 미국 남자가 어느 날 본국으로 갔는데 거기서 고마 교통사고로 죽었다 아이가."

아내의 목소리가 떨리어 나왔다. 그는 굳은 표정으로 천천히 고개를 끄덕이며 편지와 사진을 넣고 뚜껑을 덮었다. 이제 보니 상자의 나무 겉면이 온통 긁힌 상처 투성이었다. 여기저기 모서리가 패이고 찍힌 데다 흠집이 많았으며 볼펜으로 된 자잘한 낙서까지 보였다. 그는 가만히 상자를 쓰다듬었다. 긁힌 자국은 미처 보지 못하고 주인 찾기에만 골몰했던 자신이 순간 부끄러웠다.

"우리 혜인이 아인나… 그 미국 강사가 죽고 충격을 받아 한동안 정신과 치료도 받고 그랬다. 젊었을 때 그

애 웃는 얼굴을 내가 별로 본 적이 없었지를…."

아내는 흐느끼듯 말을 이었다. 그는 할 말을 잊은 채 측은한 눈빛으로 그 상자를 물끄러미 바라보았다.

작가노트

근래에 자주 가는 곳이 시민공원인데, 특히 비가 부슬부슬 내
릴 때 시민공원 걷는 걸 좋아한다. 조용히 빗물에 젖어가는 공
원과 숲을 관조하다 보면 경건하면서도 숙연해지는 걸 느낀
다. 몇 년 전, 등단 소식을 전화로 받았을 때도 공원을 걷고 있
었다. 그때 노란 유채밭이 환하게 펼쳐져 있었다. 이곳을 방문
할 때마다 '하야리아 부대'라는 장소성의 의미가 크게 다가왔
는데 한번은 소설 무대로 불러내고 싶었다. 그러나 그 막연한
결심은 늘 미루어졌다. 하야리아 부대에 관한 기억이 별로 없었
고 무슨 얘기를 써야 할지 감이 잘 오지 않았다. 기억이라곤 학
창시절 부대 근처를 버스를 타고 지날 때, 술집을 많이 본 것뿐
이었다. 지금은 도로와 아파트 부지로 편입되었는데, 그때 버
스 안에서 어두운 조명으로 늘어선 소위 집창촌을 내다볼 때면
미묘한 기분에 젖곤 했다. 테마 소설을 쓰며 진구에 있는 장소
를 선택해야 할 시점이 왔고 비로소 '하야리아 부대'는 소설의
배경으로 들어올 수 있었다.

소설에서는 술집 접대부가 아닌 지식인층 여자를 등장시켰다.

그 시대에 미군과 결혼하고 싶어 하는 한국 여자의 보편적 정서를 담아낼 수 있을 것 같았다. 부대에 얽힌 많은 애환이 묻혀 있겠지만, 상상으로 쓸 수 있는 이야기는 많지 않았다. 오랜 세월 내버려진 상자, 역시 오랫동안 남의 땅이었던 시민공원, 긴 세월만큼이나 그 안에는 큰 고통의 그림자가 일렁일 것이다.

하야리아 부대에 관한 소설을 써야 한다는 부채감에서 놓여난 것에 대해 기쁘게 생각한다.

콘도르
우리 곁에서

박영해

느릿느릿 흔들리는 흰 옷자락 사이로 검붉은 입술들이 움찔거렸다. 귀를 기울여도 그들의 웅얼거림을 알아들을 수 없었다.

기내 방송을 들으며 나는 선잠에서 깨어나 뒤척거렸다.

"처제네 너무 폐를 끼치는 게 아닐까?"

"한 달쯤 호텔에 묵을 거라 했더니, 이제 애들 다 나가고 방마다 비었는데 무슨 소리냐 합디다. 준호도 어학연수 가서 거기 묵지 않았느냐며….."

나는 그렇게 염치를 차리는 남편에게 짜증이 났지만 그런 마음을 드러내지 않았다. 그 말속에는 숙희와 내가 겉으로는 아무 문제 없이 지내지만, 다른 자매들처럼 살갑고 편안한 사이가 아니지 않느냐는 뜻이 포함되어 있었기 때문이었다.

김해공항에 내리니 오후 네 시였다. 그동안 결혼식이 있거나 초상이 났을 때 잠깐씩 들르기는 했지만, 이렇게 여유롭게 와보기는 처음이었다. 80년대 중반, LA 한인타운에서 세탁소를 하던 큰 시누이의 초청으로 이민을 떠난 지 33년 만이었다. 날이 쌀쌀해선지 미세먼지 때문인지 목이 칼칼해 왔다. 제부는 낙동대교를 넘어 광안대교 쪽으로 차를 몰았다. 바라다보이는 아파트 단지들은 짙은 해무에 휩싸여 흐릿한 덩어리로 보이다가, 금세 해무 속으로 사라졌다가 어느새 희부옇게 곤추선 모습을 드러내곤 했다. 애써 밀쳐내도 어느새 다가오던 좌천동 증산 부근에서의 섬뜩한 기억처럼.

신도시에 있는 동생네 거실에는 소담스러운 흑모란을 그린 유화가 걸려 있었다. 그것을 보자 옛날 우리 집 뜰에 피던 함함한 모란 향내가 코끝을 간질여 왔다.

"실내가 우아하네, 집 수리했니?"

"올봄에 갈포벽지로 도배만 새로 했는데 한결 낫네요, 이리 앉으세요."

동생에게 물었는데 매사에 늡늡한 편인 제부가 대답했다.

"도배하려고 꺼내놓으니 잡다한 게 뭐 그리 많은지, 필요 없는 걸 버리고 가구 배치를 새로 했더니 그러네. 참, 형부, 가게 접는다면서요? 그동안 잘됐잖아요?"

숙희는 곶감 쌈을 목기에 담고 찻물을 준비하며 그렇게 물었다.

"LA 흑인폭동 때 고생했지만 대체로 괜찮았지요. 그런데 최근에는 대형업체들이 픽업 & 딜리버리 서비스를 하니 타격이 컸어요. 더구나 내후년까지 드라이클리닝 기계를 친환경 기계로 바꿔야 하는데 비용도 만만찮고요. 마침 한인타운 인근에 재개발 바람이 불어 이참에 그만두는 게 좋을 것 같아서요."

"폐업하는 것도 만만찮을 텐데요?"

찻잔을 데우던 하 서방이 심상한 얼굴로 물었다. 남편은 폐업 신고를 한 후에 세탁물 회수 통지를 하고, 옷을 찾아간 고객들에게 세탁물에 이상 없다는 확인서를 받아두고, 그래도 찾아가지 않은 옷들은 처분하려고 모아두었다고 했다.

나는 찻잔을 들고 창밖을 바라보았다. 경계를 감춘 채 부옇게 엉켜 있는 하늘과 바다를 보자 내 속을 들여다보는 것 같았다. LA에서의 지난 세월을 요약하면 몇 마디

되지 않았다. 둘이 세탁소를 해서 애들 공부시키고 집과 가게를 마련했다, 고. 하지만 바짓단을 늘이고 줄이는 일이 지겨워질 때마다 서서히 내가 뭉개지는 듯했다. 그나마 재킷 소매를 뜯어 심지와 계심지 등의 숨겨진 속살이 드러나는 것을 볼 때면, 고것들을 요리조리 손질해가며 리폼할 때면, 슬며시 속이 트이는 것 같았다. 그 덕에 기운이 돌아오면 화집을 보거나 책을 읽곤 했다.

더러 내가 왜 여기서 이러고 사나 싶어 쓸쓸해질 때면, 유리병에 든 알록달록한 사탕을 입속에서 굴리거나 점심을 먹고도 푸드트럭에서 산 쉑쉑버거를 우물거리며 자신을 달랬다. 어쩌면 늘어진 살덩어리에 파묻혀 집과 가게에 함몰돼버린 단순한 삶을 살아낼 수 있었는지도 몰랐다.

그러나 아무도 묻지 않았기에 누구에게도 펼쳐놓을 수 없었던 내 감정의 스펙트럼은 복잡다단했다. 엷은 분홍빛으로 시작되어 뭉클뭉클 검붉게 피어오르던 그곳의 저녁노을은 형언할 수 없을 만큼 장엄해서 경탄스러웠고, 게티 미술관에 걸린 고흐의 〈아이리스〉 앞에 서면 황홀했다. 그럴 때면 초등학교 4학년 때부터 아버지가 돌아가실 때까지, 이웃에 살던 화가에게 레슨을 받았던 것이 다행이었구나 싶었다. LA에서 아이들은 쑥쑥 자랐지만, 고국에 있는 홀어머니와 동생들을 떠올리면 마음이 편치 않았다. 더구나 얼어붙은 마음을 열어 친구를 사귀거나 선뜻 교회나 성당 같은 곳에도 가지 않아 쓸쓸했다.

그도 그렇지만 미국까지 따라와 꿈속에서 중얼대던 유령들의 말을 알아듣지 못해 답답했다. 임진왜란 후 부산진성을 불태운 왜병이 물러가자 성의 기능은 자성대로 옮겨졌고, 폐허가 된 성터는 세월이 흐르면서 공동묘지로 변해갔다. 공동묘지는 우리가 좌천동 증산 아랫동네로 이사했던 60년대 중반, 동물원으로 개발되면서 무덤들이 이장되었다. 그러나 건물이 거의 완성되었던 동물원은 자금 부족으로 개원하지 못하고 방치되었다. 너무 일찍 도착했던 코끼리는 바닷바람 때문에 죽었다는 소문이 떠돌았고, 뒤이어 들어온 여우 등도 어디론가 사라져버렸다.

'백곰', '꽃사슴' 따위의 팻말이 붙은 채 덩그렇게 비었던 우리에는 그 산동네에서도 방 한 칸 구할 수 없었던 사람들이, 주로 시골에서 일자리를 찾아온 사람들이 들어가 살았다. 어쩔 수 없이 전시돼버린 그들을 보면 저들은 사람인데 싶어 괜히 내가 부끄러웠다. 어쩌면 나는, 그걸 면해보려고 덜렁 낯선 땅으로 가버렸는지도 몰랐다.

나는 밤마다 꿈속에서 움찔대는 검붉은 입술을 보는 것이 두려웠다. 그러나 공동묘지 아랫동네에 살면서 겪은 일이나 부산진성 부근의 유령에 대해서는 자신에게조차 섣불리 발설하고 싶지 않았다. 표현하기 힘든 내밀한 감정을 말로 내뱉으면 내가 뜻한 것과 다른, 유치한 무엇으로 변해버릴 것 같았다. 그럴 때면 내가 산 사람과 죽은 사람의 경계에 고립된 채 홀로 서 있는 것 같았다.

그래서 이민 초기에는 먹고살기 바쁘다는 핑계로 가슴을 후벼파는 웅얼거림을 의도적으로 무시해버렸다. 때로는 정신없이 곯아떨어지려고 밤늦게까지 집 안을 쓸고 닦고 헌 칫솔로 냄비 손잡이까지 구석구석 닦아댔다. 어쩌면 그들은 잊히지 않기 위해 밤마다 자신들의 얘기를 들려주려 했고, 내가 귀 기울여주기 바랐을 텐데도….

마흔 무렵, 내가 원했던 나는 온데간데없고 상상도 하지 못했던 세탁소 주인이 되었나 싶어 우울해지곤 했다. 밤중에 누워서 생각해보면 도대체 내가 내게 원했던 게 있기나 했던가 싶어 입안에 쓴물이 고였다. 때로는 내가 나를 지레 포기하지 않았던가 싶어 한심스럽기도 했다. 그래서 자신에게 집이나 세탁소에 화구를 펼치기는 힘들었다고 변명해대며, 오밤중에 일어나 버터 비스킷 한 봉

지를 다 먹고 물을 사발로 들이켰다. 서서히 배가 불러오
면 언젠가 보았던 멍든 여자의 얼굴이나 배에 검은색 등
고선이 그려진 뚱뚱한 여자의 누드화가 떠올랐다. 그러면
세상 어디엔가 나와 조금이라도 닮은 사람이 있구나 싶
어 쓸쓸함이 누그러지곤 했다. 입에 달고 있어, 애들처럼.
몰래 먹는다고 먹어도 어쩌다 내가 과자 먹는 것을 본 남
편은 그렇게 말했다.

"일 그만두면 시원섭섭하겠네?"

숙희가 남편과 내게 곶감 쌈을 건네며 말했다.

"이제 2막이 끝난 것 같아."

"성공적이었지 뭐. 현수는 대형회계법인 회계사지, 현
영인 약사지. 이제 3막이 펼쳐지겠네. 형부, 미리 축하합
니다!"

남편이 멋쩍게 웃으며 손사래를 쳤다.

"너희들은 여기서 더 잘하고 있는데 뭘…. 곶감 쌈, 예
뻐서 입에 넣기 아깝네!"

나는 호둣속이 든 곶감 쌈을 우물대며 생각에 잠겼다.
미국에서의 날들이 성공적이었다고? 그게? 그러면 이곳
에서의 1막은 뭐라 해야 하나? 라디오를 틀어놓고 새벽
부터 저녁까지 땀범벅이 되도록 일했던 세탁소를 접는 것

은 말 그대로 시원섭섭했다. 그가 세탁을 맡고 내가 수선을 맡아 놀이터에서 각기 따로 노는 아이들처럼 대체로 잘 지냈지만, 앞으로는 좁은 공간에서 장시간 같이 지내지 않게 되어 후련했다.

이민을 결정하자 나는 재직하던 학교에 사표를 내고 속성으로 양재와 옷 수선을 배웠다. 그래서 수선과 리폼을 겸했는데 철없는 애들과 학부모를 상대하는 것보다 속이 편했다. 더구나 인근에 솜씨가 좋다고 알려져 세탁보다 수선 수입이 나았기에, 세탁소를 그만두려니 미련이 없지도 않았다. 부모에게 물려받은 트렌치코트 따위를 들고 온 손님의 요구를 귀담아듣고, 치수에 맞게 재단해서 천의 질감과 빛깔에 꼭 맞는 실을 골라 바느질할 때면, 성의껏 리폼한 옷이 태가 난다는 인사를 들을 때면, 움츠려졌던 등이 쭉 펴지는 것 같았으니까.

그런 날은 저녁 식사 후에 버릇처럼 먹던 베이글 따위를 삼키지 않고도 포만감이 들었다. 그러면 차이코프스키 교향곡 '비창'을 들으며 내가 좋아하는 루이스 부르주아의 화집을 펼쳤다. 옷걸이 대신 길쭉한 뼈에 걸린 슬립과 원피스 따위의 설치작품을 볼 때면, 세탁소의 옷걸이에 걸어둔 옷들이 눈앞에 어른거렸다. 내 뼈를 갈아 넣어

손질한 옷인데 나는 왜 그런 생각을 꿈에도 하지 못했을
까 싶어 씁쓸하기도 했다. 그래도 루이스 부르주아의 탁
월한 아이디어와 작품에 떠도는 기품과 아름다움을, 노
동에 대한 경외심과 깊은 연민 같은 것을 읽어낼 수 있어
한껏 고양되는 것 같았다.

그럴 때면 나도, 애들 휴가 때 같이 갔던 캐나다 스탠
리 파크에서 본 토템 기둥을 떠올렸다. 그리고 내 안의 것
들을 차곡차곡 쌓아 올렸다. 아버지가 읽던 2차 대전 비
사와 우리가 읽었던 동화책을.「백조 왕자」를 읽고 집에
서 연극 할 때, 백조로 변한 동생들에게 쐐기풀로 짠 옷
대신 던져주었던 보자기들을. 부산진성 아래 파묻혔을
주검과 화살 따위를. 공동묘지의 무덤을 파내자 나왔던
뼈와 옷 조각들을. 묘지에서 일하던 가난한 이웃들을. 산
을 뒤덮었던 검은 연기와 머리카락 타던 냄새를. 산정의
우리에서 재롱부리던 인도코끼리를. '백곰', '불곰' 등의
팻말이 붙은 빈 동물 우리 안에 살던 사람들과 그들 곁에
놓였던 이불과 석유풍로와 냄비를. 내 손에 익은 가위와
바늘과 리폼한 옷들을. 타국에서의 이질감과 밤마다 꿈
속에서 움찔대던 숱한 유령들의 검붉은 입술을.

그런 다음, 나는 높이 치솟은 기둥을 쳐다보는 '인희'

를 바라보았다.

그렇게 자신을 타자화하자 심리적 거리가 생기면서
고통이 둔해지는 것 같았다. 그런 날 밤에는 꿈속에 나타
난 유령들도 서로 마주 보며 고개를 갸웃대거나 끄덕였
다. 그리고 고개를 젖혀 기둥을 쳐다보며 입술을 움직거
렸다. 그러나 애써 귀 기울여도 알아들을 수 없었다.

"여기서 지내, 베개는 원통형으로 갖다 놨어."

베개는 새것 같았다. 숙희는 내가 둥글고 탄탄한 베
개가 아니면 잠을 이루지 못하는 것을 잊지 않고 있었다.
그러나 여전히 내게 언니라고 부르지 않을 모양이었다.
지금 와서 그 말을 듣고 싶다기보다 남편과 하 서방 보기
가 민망했다. 그래도 숙희가 고등학교 때부터 그래온 데
다, 내가 결혼한 지 3년 만에 미국으로 가버리자 어머니
와 미희를 보살핀 사람이 그녀였으니…. 그래서 숙희에게
다들 나눠 쓸 만큼 화장품이나 영양제 등과 약간의 달러
를 보내기는 했지만, 하 서방 사업이 잘됐다니 그게 다가
아니었을 터였다. 더구나 팔순의 어머니가 고관절 수술을
한 후 돌아가실 때까지 숙희가 모시고 살았으니….

"미희도 잘 있지?"

"잘 있어. 참, 미희가 이번 토요일에 횟집 어떠냐고 묻더라."

"이 서방한테 물어볼게. 거실의 모란꽃, 터치가 생기롭던데 네가 그렸니?"

"응, 백화점 문화센터에 다닐 때 그렸는데 요즘은 독서 모임에 나가."

"그런 데 가면 좋겠네! 주로 어떤 책을 읽는데?"

"『기억의 장소』, 『장소와 경험』 같은 책인데 도움이 됐어. 읽어볼래?"

"좀 쉬고 내일 볼게. 아까 모란꽃 그림을 보니 새벽마다 꽃밭에 물 주던 아버지 생각나더라. 친척들이 와서 꽃 구경하던 일도…."

"아버진 누가 딴한 소리 하는 걸 그냥 들어 넘기지 못하셨지, 그러다 결국…."

나는 기억한다. 아버지가 당숙의 보증을 섰던 일이 잘 못됐다는 전화를 받고 심장마비로 쓰러진 봄밤을. 6·25 때 백마고지 전투에서 허벅지에 네 발의 총을 맞고도 살아 돌아오셨다던 아버지는 그렇게 돌아가셨다. 그 후 우리는 살던 집을 내주고 좌천동 증산 산동네로 이사했다. 집 앞에는 높고 긴 성벽이 있었다. 동네 사람들은 산 위

공동묘지 부근을 왜병이 부산진성 성곽을 왜식으로 고쳐 쌓았다고 왜성이라 불렀다. 당숙은 어디 숨었는지 어머니 힘으로는 찾을 수 없는 모양이었고, 나들던 친척들은 아무도 그 일에 나서주지 않았다. 답답했던 나는 자주 성벽을 따라 걸었다. 불그스름하게 풍화된 돌들은 금이 갔고, 돌과 돌 사이에는 크고 작은 틈이 벌어져 있었다. 엉성해진 돌 틈마다 악착같이 뿌리를 내린 풀들은 하늘을 향해 한없이 출렁거렸다. 내가 초등학교 6학년, 숙희가 3학년, 미희가 1학년 때였다. 무력하기 그지없을 때여선지 돌 틈마다 빼곡히 솟은 풀들의 생기로움이 눈을 찔렀다.

"형부 애기 들으니 아직 세탁소를 완전히 치운 건 아닌 모양이지?"

"두어 번 회수 통지를 해도 안 찾아간 옷이 제법 있어. 그래서 손주들 줄 파자마를 만들거나 책이나 보면서 아직 열어두고 있고. 준호, 민호는 잘 있지?"

"다 잘 있어, 준호는 싱가포르 지점에 나가 있고. 그런데 이제 책 그만 보고 책을 써보는 게 어때? 여고 때 교지에 글 쓰던 실력 있잖아, 이민자로서의 애환도 있을 테고, 낯선 땅에 적응하며 느낀 안도감이나 성취감 같은 것도 있을 거 아냐?"

내게 그렇게 말해준 사람은 숙희가 처음이었다. LA에서는 주로 한인타운에서 생활해선지 심한 인종차별을 느끼지 못했다. 그러나 LA 폭동 때는 닷새나 셔터를 내려놓고 벌벌 떨었다. 폭동은 흑인 로드니 킹을 백인 경찰이 구타한 사건이 도화선이었으나, 흑인 시위대는 좀 만만한 데다 한흑갈등도 있었던 한인타운으로 몰려와 약탈과 방화를 일삼았다. 그래도 혼자서 당한 일이 아니라 견딜 만했고 서로 격려하다 보니 회복이 빨랐다. 남편은 미국에도 빈부격차나 인종차별 등 나름대로 문제가 있지만, 군바리 문화에 질식당하지 않고 자유롭게 살 수 있다며 자위했다. 그 후 그는 대학동문회와 지역세탁업자들의 자구모임에 꼬박꼬박 나갔고, 집과 가게에 권총을 갖다 두었다.

그 뒤로도 내가 나를 무덤덤하게 만들어버려선지 대체로 무난하게 지냈다. 그런데 애들 키울 때는 그게 통했는데 몸이 편해지자 마음은 도리어 복잡해졌다. 자신을 무디게 만들어 상황으로부터 도피했다는 가책과 아무래도 나 자신의 기억으로부터 온전히 도망칠 수 없겠구나 싶어서였다. 만약 글을 쓴다면, 그런 이중적인 면에 초점을 둬야 할 것 같았다.

"글쎄, 그게 쉬운 일이니? 난 가끔 그 동네가 눈에 밟혀 인터넷을 뒤지다가도 바쁘단 핑계로 회피했던 걸 새삼스레 헤집어 보기가 두려웠어. 세탁소 구석에 오래전에 체온이 빠져나가 버린 옷들이 행군하듯 나란히 세워져 있는 걸 보면 괴상야릇한 기분이 들었고. 그래서 장난치듯 두 벌씩 마주 보게 걸어놓거나 소매를 슬쩍 묶어놓기도 했어. 그것들이 머리나 손발이 댕강 잘려나간 토르소처럼 여겨질 땐, 어딨는지도 모를 머리와 손발을 갖다 붙이는 상상을 하게 되더라. 날이 침침할 때면 투명 인간이나 유령들이 무리 지어 서성대는 것 같아 섬뜩하기도 했고…."

유령들? 그렇게 중얼대던 동생의 짙은 눈썹이 치올라가더니 금세 도로 내려왔다.

"내일은 뭐 할 건데?"

"형부는 고교 동기들 만나러 간다는데, 난… 보고 싶은 사람이 없네."

"그럼, 거기, 가볼래?"

거기? 그렇게 반문했지만 나는 거기가 어딘지 모르지 않았고, 숙희도 내가 모른다고 생각하지 않는 것 같았다. 훗날 그 동네를 떠난 후, 우리는 한사코 그곳을 의식에서 몰아내려고 애썼지만 아무도 그런 사실을 입 밖에 내지 않았다. 누구라도 그런 기색을 내보이면 그곳에서의 일들이 들떠려져 식구대로 거기 못 박혀버릴 것 같았기 때문이었다. 등에 핀이 꽂힌 채 전시된 나비들처럼. 그런데도 나는 태평양을 건너가서도 그곳에 대한 기이한 애착을 온전히 떨쳐낼 수 없었다. 좀 우습지만 그것은 웬만한 사람과의 관계보다 질긴 것 같았다. 그곳은 내게 대체 무엇이었을까.

애들이 크자, 밤중이면 나는 누가 잡아갈 것처럼 아무도 몰래 인터넷으로 '거기'와 연관된 것들을 검색하곤 했다. 그곳을 지칭하던 왜성, 증산 왜성, 부산 왜성, 부산성, 부산진성, 부산 증산성, 범천 증산성을 비롯해 자성대와 좌천동 동물원과 인근 동래성과 임진왜란까지.

찾아보니 임진왜란 때 부산진성에서 용감히 싸웠던 정발 장군에 대한 기록이 많았고, 정발의 막료였던 이정헌의 사적에는 '온 영(營)에 해골이 쌓였다.'는 기록이 있었다. 부산진성을 공략한 고니시 유키나가의 종군 승려 덴 케이의『서정 일기』에는 '전투가 끝난 후 성안의 군대는 물론 부녀자, 어린아이 심지어 개와 고양이까지 모두 죽였다.'라고 쓰여 있었으니 그 참상을 짐작할 수 있었다. 포르투갈 선교사 루이스 프로이스가 쓴「임진란의 기록」

에는 '부산성의 군사들이 매우 용감했으며, 성안의 아이들은 일부러 다리를 절거나 입을 비뚤어지게 했는데, 속임수라는 것을 알아챈 왜병이 자신들의 시중을 들게 하려고 아이들을 포로로 잡았다.'라고 쓰여 있었다.

자료를 읽다 보니 개인의 소소한 일상은 임진왜란 같은 광의의 역사와 뒤엉킬 수밖에 없겠다 싶었다. 그래선지 미미한 개인에 대한 기록은 거의 찾아볼 수 없었다. 어쩌면 그들은 그래서 내 꿈에 나타나 검붉은 입술을 여닫았는지도 몰랐다. 6·25 전쟁에 참가했던 아버지에게서 전쟁터의 이야기를 귀에 못이 박히도록 들으며 자란 나였기에. 청소년기를 왜성 성벽 아래 동네에서 보냈기에, 그들에게 관심을 가지고 이해해줄 법한 나였기에.

나는 종종 내가 읽은 것을 바탕으로 임진왜란 때 고투했던 인물들을 눈앞에 세워두고, 그들이 싸우던 모습과 해골이 첩첩이 쌓이던 모습을 상상하곤 했다. 그리고 어릴 때 형제들과 연극을 하던 때처럼, 뺨에 슬쩍 흙칠을 한 채 입을 삐뚜름하게 하고 다리까지 절뚝대며 왜병에게 붙들리지 않으려고 애쓰던 아이들의 두려움을 느껴보기도 했다. 그럴 때면 유튜브에서 본 동래성 해자의 모습이 떠올랐다. 도시철도 4호선 수안역에 설치된 '동래읍성 임진왜란 역사관'의 모형 해자에는 이마에 선명한 총구멍이 남아 있던 어린애의 두개골과 둔기와 창검에 상한 채 흩어진 유골들과 무기들이 기념비처럼 재현되어 있었다. 그러나 전쟁을 비껴갈 수 없었던 그들 각자의 기구한 사연은 허구를 통해서나 접근할 수 있을 것 같았다.

그러다 문득 LA에서는 한국에 살 때처럼 6·25 같은 전쟁이 또 일어나면 어쩌나, 그러면 만기에 가까운 적금은 어찌 되나, 하는 바보 같은 걱정은 하지 않고 살았구나 싶었다. 미국은 미국대로 걸핏하면 총기 사고가 났지만 그랬다. 그럴 때면 우리는 왜 강국이 되지 못하고 병자호란과 경술국치까지 겪으며 수치스러운 역사를 반복했을까 싶어 화가 나기도 했다. 그래도 최근의 증산공원 모습을 찍은 유튜브 영상을 보면 반가웠다. 공원 남쪽 언덕에 세워진 코끼리와 노루 등의 동물상을 보면 실제로 어떻게 변했는지 궁금해서 당장 비행기에 오르고 싶을 지경이었다. 그런데 그런 속마음과 달리 말은 엉뚱하게 튀어나왔다.

"뭐 하려고, 새삼스럽게…."

"언제라도 꼭, 같이 가보고 싶었어. 그동안 와도 가기 바빴잖아? 미희는 거기 기억이 거의 없대, 너무 충격적이라 본능적으로 나쁜 기억을 밀쳐낸 것 같아. 거기 있어도 거기 없었던 게지…. 그래서 대개 혼자 다녀오곤 했는데 우리가 살던 때와 많이 달라졌더라. 벌써 50년이 넘었잖아. 이제야 집단적 망각의 장소에서 기억의 장소로 바뀌어가는 게 눈에 보였어. 최근에 증산공원 입구에서 오른편 길로 올라가 보니 성벽 안쪽에 '부산진성 이야기'란 제목으로, 여기가 임진왜란 때 왜병이 처음 공격한 곳이고 중과부적으로 패했다는 걸 새겨놨더라. 기록하지 않는다고 역사적 사실이 없어지는 것도 아닌데 현장에 그렇게 표시하기까지 400년도 더 걸린 게지. 커다란 상처에 직면해서 다시는 험한 역사를 반복하지 않도록 글로 새겨놓는 데는 그만한 시간과 용기가 필요했겠지. 거기, 안 가볼래?"

가보자…. 나는 그렇게 대답하며 숙희가 많이 변했다는 것을 느꼈다. 오랜 세월 멀리 떨어져 산 탓도 있지만, 그녀가 내게 뭔가 요구했던 일이 단 한 번도 없었기 때문이었다. 우린 다 잘 있어! 여기 걱정은 하지 마! 여상을 졸업하고 은행에 다니다가 사 년 뒤에야 대학에 갔던 그녀는 통화할 때마다 그렇게만 말했다.

숙희는 우리가 어릴 때 살던 수정동 쪽으로 올라가지 않고 범내골에서 망양로로 차를 몰았다. 구불대는 산복도로로 올라가자 담벼락 틈에서 흔들리던 마른 강아지풀들이 아침 햇살에 노랗게 반짝거렸다. 우리가 거기 살 때는 인근에 살던 S 고무공장 여공들이 물밀듯 오르내리고, 옛날에는 안창 골짜기에 살던 범이 오르내렸다던 아리랑고개였다.

"어쩌다 이 길을 지날 때면 아직도…."

"여길 떠올리기만 해도…. 아버지 돌아가셨을 땐 너무 기막혀 울음도 안 나오더라, 엄마 앞에서 울면 안 될 것 같기도 했고. 그러다 보니 감정이 마비돼 혼났어."

"그거, 나도 좀, 알아. 기쁜 것조차 잘 못 느끼고…. 회복하는 데 꽤 오래 걸렸어."

우리는 성북고개에서 좌회전해서 성북시장을 지났다. 숙희는 언젠가 증산공원에서 만난 노인에게 번개시장으로 불리던 이 시장에서 염소고기를 산 얘기를 들었다고 했다. 집에 가서 모처럼 맛있게 구워 먹었는데 뒤에 들으니 코끼리고기였다고, 그런데 다 풀 먹고 사는 동물이라 맛이 비슷해서 그랬는지 모르고 잘 먹었다며 웃더라 했다. 나는 여동생과 인근에서 몰려온 조무래기들과 함께 보았던 인도코끼리를 떠올렸다. 바닷바람이 거세던 산꼭대기의 너른 우리에서, 코끼리가 코를 감았다가 쭉 내밀자 우리는 다 같이 '와' 소리치며 웃었다. 그러나 금세, 따뜻한 고향에서 멀리 떠나온 코끼리가 꼭 나처럼 여겨져 서러웠다. 그래선지 코끼리가 창살에 붙어선 나를 그윽이 바라보는 것 같았다.

숙희는 시장 끝 삼거리에서 '증산공원'이라 새겨진 검은 돌을 가리키며 삼십여 년 전에는 '증산체육공원'이라 불렀다고 말했다. 그러면서 이 부근은 부산진시장도 있고 부산진역도 있는 기억의 터인데, 이름을 바꾸려면 '부산진공원'이 더 어울릴 텐데 왜 그랬는지 모르겠다며 답답해했다. 내가 그게 훨씬 의미 있겠다고 하자 숙희는 어릴 때처럼 고개를 까닥였다.

주차장에 차를 댄 숙희는 공원 입구의 '증산공원 이용 안내도' 앞으로 썩썩 걸어갔다. 숙희가 이곳에 자주 다닌 것 같아 가슴 아프면서도 이상하게 마음이 놓였다. 그녀는 주차장 끝에 있는 건물이 동구도서관이라고 말했다. 하루는 여기 왔다가 증산공원에 대한 자료를 따로 모아두었나 해서 도서관에 가봤는데, 그런 게 보이지 않더라 했다. 혹시 제가 못 찾나 싶어 직원에게 물어봐도 없다

해서, 그런 자료를 모아두면 동구도서관의 특징이 되고 이곳을 연구하는 사람에게 도움이 될 거라고 일러주었다 했다.

"여기 올 때마다 안내도를 살피는데, 그게 아직 안 보여. '부산진성 이야기'라는 제목으로 '부산진 순절도'까지 그려서 부산진성의 역사를 잘 기록해놨던데, 막상 입구 안내도엔 표시를 안 해놨어. 언젠가 여기서 일본인 기자들을 만났는데 안내도 사진을 찍는 걸 보니 낯이 화끈대더라. 안내도에는 휴게실, 중앙광장, 도서관, 게이트볼장 따위만 소개돼 있었거든. 그런 역사적 기록문의 위치를 입구의 안내도에 표시해두면 누구든 빠뜨리지 않고 쉽게 찾아볼 수 있을 텐데⋯. 일 잘해놓고 손이 빠진 모양인데 구청에 건의해야겠어."

"수치스러운 역사를 되돌아보고 기록하는 것도, 그런 예민한 기록을 나드는 사람들이 쉽게 찾아볼 수 있도록 안내하기도 그만큼 어렵단 말이겠지. 넌 오래전부터 이곳에 관심을 가지고 자주 왔구나, 잘했어! 난 뒤돌아보기조차 쉽지 않았어⋯."

시간이 흘러도 나는 이 근처에 살던 때를 돌아보고 누군가에게 얘기하는 게 쉽지 않았다. 심장에 문신처럼 새겨진 참담함을 말로 재현하는 것도 힘들었고, 지리적으로 먼 곳에서 제대로 알아듣고 공감해줄 만한 사람을 찾기도 어려웠다. 그러다 보니 저절로 지난날과 단절돼버렸다. 친척과 친구들과의 관계는 물론이고 자신과의 관계마저 빈약해져 버렸다.

"쉽지 않지…. 그래도 과거는 윌리엄 포크너의 말마따나 죽지 않고 심지어 지나가지도 않는 것 같았어. 그게 등에 딱 들러붙어, 날 우울하고 폐쇄적인 쪽으로 조종하는 듯했거든. 그래서 너무 힘들 땐, 다복했던 어린 시절과 커가는 애들을 생각하며 억지로 웃었어."

우리는 아치형 입구를 지나 나무들 사이로 바다가 내려다보이는 왼쪽 길로 걸었다.

"미국에서도 귀신들이 입에서 피를 철철 흘리고 절뚝대며 내 다리 내놓으라고 따라오는 꿈까지 꿨어. 우리가 수정극장에서 '월하의 공동묘지' 같은 걸 많이 봐서 그랬을까…."

"그도 그렇겠지만… 무덤이 이장되거나 시체 태우는 걸 봐서 더 심하지 않았을까?"

숙희는 그렇게 대꾸하고 앞만 보며 걸었다. 우리가 좌천동 산동네로 이사했던 초여름, 하필 산 위에서는 무덤들이 이장되고 있었다. 그래선지 헐벗은 동네에 기괴한 활기마저 돌아서 누구도 방안에 궁둥이를 붙이고 있을 수 없을 지경이었다.

"그럴 거야. 뒤늦게 이장 공고가 난 것을 안 연고자들이 부랴부랴 무덤을 파헤쳐 유골을 수습해 가거나, 그 자리에서 석유를 뿌려 태웠거든. 너도 봤구나…"

"엄마가 장사 나가며 방에 있으라 했지만, 날마다 숙제만 끝내면 미희 손 잡고 갔어. 너무 심심했거든. 우린 동물원에 코끼리가 올 때도, 개들이 사라지고 동물 우리에 사람이 들어가 살 때도 갔어. 나중엔 학교에서 거기로 소풍도 갔는데 그때 찍은 단체 사진도 있어."

그 무렵, 산에는 무덤 파낸 자리들이 뻐끔뻐끔했고 석유를 뿌려 유골을 태우는 구덩이에서는 검은 연기가 치솟았다. 간단히 제를 지내는 무덤 곁에 있다가 떡 조각을 얻어먹은 아이들은 추깃물도 채 마르지 않은 근처 구덩이에 들어가 콩닥대며 뼛조각이 타는 광경을 구경했다. 포클레인이 남아 있던 무연고 무덤을 밀면 여자들이 호미로 뼈를 추려 모아뒀고, 좀 있으면 자루를 끌고 온 노인이 거기에 뼈를 던져 넣어 질질 끌고 갔다. 그런데 그걸 다 봤다고? 내가 지옥이 아닌 곳을 찾다가 교실에서 학급

도서를 읽는 동안?

"사방에서 쿵쿵대는데 안 나갈 수 있었겠니? 거기선
죽은 사람이 바로 눈앞에 있었지만, 이상하게 애들조차
무서워하지 않더라."

"정말 그랬어, 애 어른 없이 둘러서서 구경했지. 탁탁,
소리 내며 타는 시체를 보면 내 심장도 탁탁거렸어. 그러
면 저 사람은 죽었고 나는 살아 있구나 싶어 묘하게 안심
이 됐어."

죽음과 삶, 그 접경의 기억은 기이하게도 두려움과는
거리가 멀었다. 그때 그곳에서는 아무도 애들은 저리 가
라는 소리를 하지 않았다. 파헤쳐진 무덤에서 나온 삭은
옷조각과 머리카락 뭉텅이들은 함부로 굴러다녔고, 나뭇
가지에 걸린 옷조각들은 멀리서 보면 흰 꽃이 핀 듯했다.
어쩌면 그들은 그토록 험하게 떠나기가 적막해서 자신들
의 옷조각으로 조화를 만들어 서로의 넋을 달랬는지도
몰랐다.

"그런데 눈물이 나서 그런지… 내 심장은 뛰지 않더
라."

"그랬구나…. 우리 또래 머스마들은 목곽에서 떨어진
못을 깡통에 주워 담아 온 산을 휘젓고 다녔어. 산엔 포

68

클레인이 끄륵대는 소리, 깡통 속 못들이 철컹대는 소리, 매캐한 냄새와 머리칼 타는 냄새가 뒤엉켜 떠돌았어. 그 희한한 풍경 앞에서 우리가 참 호강하고 컸구나 싶어 아버지 생각나더라. 아버진 우리에게 신문도 읽어주고 동화책도 사다 주고, 우리가 신기해하고 좋아하는 건 다 키워보게 하셨잖아. 꽃나무도, 누에도, 진돗개도, 공작새도. 우리가 힘들었을 때, 쉽게 무너지지 않았던 건 그런 아버지 덕분이었던 것 같아. 커서 생각하니 사랑받을 줄만 알았지 사랑한단 말을… 못 했구나 싶어, 아버지께… 미안했어."

숙희가 흐느끼기 시작했다. 어디선가 석유 냄새가 나면서 사방에 시커먼 연기가 피어오르는 것 같아 코가 시큰거렸다. 나는 눈물 자국이 남은 숙희를 바라보며 늘 마음에 두고 있었지만, 쑥스러워서 하지 못했던 말을 꺼냈다.

"숙희야, 난 늘 네게 고마웠어. 미희 돌보고 엄마 모시느라 얼마나 힘들었니? 하 서방에게도 면목 없었어. 그런데 이 말, 여태 너무… 미안해서… 못 했어."

"알아, 형부는 형부대로 유신체제에서 구속돼 고생한 기억 때문에 자유로운 나라로 가고 싶었을 테고. 엄마 모시는 거야 나도 자식인데 뭐. 대신 늘 선물도 보내고, 달러도 미희 대학 보낼 만큼 넉넉히 보냈잖아? 그러자면 본인은 얼마나 아껴 썼을지 알아, 나도 살림하는 사람인데. 그리고 엄마 넋 나가 있을 때 언니가… 이웃 꼬맹이들 가르쳐서 번 돈으로 살았던 거 알아, 그 뒤로도 그랬고. 말은 안 해도 고마웠어. 우리만 아니었다면 아르바이트라도 하며 미대도 갈 수 있었을 텐데. 안 그래, 언니?"

언니? 몇십 년 만에 듣는 말이었다.

"방금… 뭐라 했니?"

"미안해…. 한 번 그렇게 안 불렀더니, 그 뒤론 어색해서 못 부르겠더라."

우리는 다시 걷기 시작했다. 그럴 수도 있었다. 나는 그 한 번이 뭣 때문이었는지 궁금했지만, 제풀에 말하기를 기다리며 꾹 참았다.

저기 좀 봐, 콘도르 우리야! 나는 숙희가 가리키는 곳을 내려다보았다. 길 왼편 목책 너머, 길옆으로 툭 튀어나온 반원형 시멘트 덩이 위에 낙엽이 덮여 있었다. 목책 바깥은 2미터쯤 낮았고 잡목들이 서 있었다. 목책에 바싹 붙어 목을 쭉 빼고 보니, 나뭇가지 사이로 반원형 지붕을 떠받친 삭은 시멘트 기둥이 보였다. 공원을 조성할 때 동물 우리를 없앤다고 없앤 모양인데 그렇게 흔적이 남아 있었다. 그래도 속속들이 이곳을 아는 사람이 아니면 도저히 알아볼 수 없을 지경이었다. 갑자기 비릿한 물 냄새가 왈칵 몰려오면서 가슴 한복판이 찌르르 울렸다. 귓속이 윙윙거리더니 시간이 질척하게 늘어지는 것 같았다.

"아, 숙희야! 혹시 콘도르 우리에 앉아 있던 여자, 봤니?"

미국에 있을 때는 전혀 생각나지 않았던 그 여자가 거기서 불쑥 떠올랐다. 끌어올려지기를 고대하며 심연에 잠겼던 차고 무거운 기억들이 그제야 움찔대며 떠오르는 것 같았다.

"봤어, 곰 우리나 여우 우릴 차지하지 못했겠지. 애를 데리고 거길 어떻게 올라갔는지 몰라. 그런데 그날은 비까지 와서 울고 싶었어. 시체 타는 것 보고도 안 그랬는데…."

숙희는 빗속에서 풍기던 구릿한 냄새를 떨쳐버릴 듯 고개를 세차게 흔들었다.

"나도 그랬어. 철창 사이로 비가 들이치는데 애를 안고 머리 위에 시퍼런 군용담요를 둘러쓴 여자가 꼭 콘도르 같았어. 두 눈이 이상한 광채로 번들거리는데도 여자

의 눈은 텅 비어 있었어, 꼭 거기 없는 것처럼. 대체 그걸
뭐라 말해야… 지금쯤 어디선가 잘 살았으면….”

담요 자락 사이로 보이던 젖은 눈도 딱했고, 우산을
쓰고 힐끗대며 지나치는 사람들도 그랬고, 그 광경을 보
고 가슴이 저려 입을 다물고 뛰어가던 나도 그랬다. 오도
카니 앉았던 그녀는 제게 날아오던 사람들의 눈길이 얼
마나 따가웠을까. 불에 타는 시체를 보았던 것보다 그녀
와 나를 가르던 콘도르 우리의 철창이, 그 경계의 기억이
훨씬 따갑게 느껴졌다.

“난 그 여자가 꼭 엄마 같았어, 애들 데리고 맨손으로
산꼭대기에 내던져진….”

그렇게 말한 숙희는 걸음을 멈추고 은결을 감춘 듯한
은빛 바다를 내려다보았다.

“난 차마… 기억하고 싶지 않았어. 그래서 그 여자를
머릿속에서 깡그리 지워버렸던 것 같아, 내가 거기 없었
던 것처럼. 그런데 고2 때부터였니? 네가 언니라 부르지
않았던 게?”

아무래도 숙희가 먼저 말을 꺼내기는 힘들 것 같아,
그렇게 물어주어야 할 것 같았다.

“미안해, 그땐… 내 생각밖에 할 줄 몰랐어.”

"어려서 그랬겠지 뭐, 왜 그랬어?"

"내가 철이 없었지 뭐. 여상 다닐 때, 친구 중에 언니가 교사인 애가 있었어. 걔는 언니가 대학 보내준다고 2학년 때 인문계로 전학 갔는데 참 부러웠어. 그래서 나도 전학 가자는 말을 기다렸지, 언니 교대 2학년 때라 발령이 언제 날지도 모르는데 말이야. 다행히 내가 고3이 되자 발령을 받았는데 그런 말이 없어 서운했지 뭐. 나중에 생각하니 언니도 초임이라 정신없었을 테고 우리 학비와 생활비까지….."

듣고 있는 동안, 무언가가 얼굴을 세차게 후려치는 것 같았다.

"미안해, 내가 네 입장이 되어봤으면 좋았을 텐데…. 난 인문계 여고 다녀도 좋은 줄도 몰랐어. 차라리 중학교 졸업하고 옆집 수야 언니 따라 고무공장에 갔으면 너희들이 고생을 덜 했을까 싶어 늘 미안했어. 발령을 받자 난 얼른 돈을 모아 셋집을 면해보려는 생각뿐이었지. 지나고 보니 우린 너무 일찍 철이 들어, 서로에게 부담을 주지 않으려고 제 속을 드러내지 않아 더 힘들었던 것 같아. 그래도 넌 나름대로 과거를 풍요롭게 활용하며 잘 살잖아? 애들 잘 키우고, 그림도 그리고, 좋은 책도 많이 읽고. 오래

전부터 이곳에 관심을 가지고 다니며 조사도 하고, 해당 부서에 조언도 하면서. 그런 소소한 일들이 이곳 역사의 한 부분이 되는 게 아닐까? 넌 제대로 살았어! 하 서방도 고맙고!"

우리는 방 떠내려갈까 봐 울지 못했을까, 그럴까 봐 가족에게조차 제 속을 꺼내놓지 못했던 것일까. 스물 무렵, '좌천동 공동묘지의 무덤에서 뛰어놀던 친구를 찾습니다.'라는 신문광고를 봤지만 연락하지 않았다. 그도 '거기' 얘기를 할 사람이 절실해 보였고 나도 그랬다. 그러나 그때는 과거에 얽매이기보다 미래로 나아갈 때라고만 여겼다. 지금 생각하면 누군가와 함께 그곳에서의 아픔을 이야기할 수 있었다면, 아버지가 돌아가신 후 충분한 애도의 시간을 가졌더라면, 그 시절을 훨씬 수월하게 건너왔을 것 같았다.

"언니도 최선을 다했어! 이제 여기 돌아와 살 수 있을 것 같아? 글이 써질 것 같아?"

"글쎄, 형부 얘기도 들어봐야 하고. 글 쓰는 게 말처럼 쉬운 일도 아닐 테고. 우선 어디서건 시간을 들여, 그동안 소홀히 대했던 나 자신에게 귀 기울이고 싶어. 그래야 유령이든 누구든 다른 사람들 말도 들을 수 있을 테고. 그래야 그들이 제 심정을 털어놓을 수 있도록 물어봐 줄 수도, 공감하며 들어줄 수도 있지 않을까? 그리고 이젠 인터넷이 아니라 너처럼 책을 통해 역사 공부를 해보고 싶어. 지난 세월은 과거를 배제하려고 애썼고 그래야 살아남을 수 있었지만, 이젠 제대로 기억해야 사는 것처럼 살 수 있을 것 같아. 집에 가서 네가 소개한 책 좀 보자, 내게도 도움이 될 것 같아. 너랑 여기 오니 새삼 기억나는 것도 많고 당시의 감정까지 생생하게 느껴졌어. 이젠 '여기' 덕분에 내가 나로 풍요롭게 살 수 있을 것 같아. 이제라도 둘이서 제대로 얘길 하고 나니 후련하네! 넌 기분이 어때?"

"정말 후련해! 언니, 요 아래 맛있는 빵집 있는데 좀 먹고 갈래?"

숙희는 어릴 때처럼 양팔을 활짝 펼치며 말했다.

나는 내 안에 만든 토템 기둥 꼭대기에 콘도르 우리 안에 새처럼 앉아 있던 그 여자를 올려놓았다. 그리고 그 위에 내가 기억해내야 할 이들이 앉을 의자도 올려놓았다. 그런 다음, 하늘 높이 치솟은 기둥을 쳐다보는 '인희'를 느긋하게 바라보았다. 바람이 마른 나뭇가지를 흔들며 지나갔다. 침묵 속에서 귀를 기울이자, 높다랗게 쌓인 기둥에서 흘러나온 말들이 겹겹이 되울려 오기 시작했다. 아주 느린 메아리처럼.

들리오? 이제 들리오? 당신이 내게 귀 기울여준다면, 내 이야기는 우리 모두의 이야기가 되지 않겠소? 당신이 우리의 삶을 헤집어 자르고 이어 붙여, 이야기의 빛깔과 질감에 꼭 맞는 실로 꿰맨다면….

나는 눈부신 햇살 아래 고개를 끄덕이며 눈을 감았다. 감은 눈 속에서 극지방 부근을 통과하는 초록빛 나비들이 어른거렸다.

작가노트

어스름해질 무렵이면 자주 동네를 산책했다. 그럴 때면 모든 사물이 연하고 부드럽게 다가왔다. 길가의 찻집 안을 들여다보면 마주 앉은 사람들의 두 입술이 부지런히 열리고 닫혔다. 각자 다른 리듬과 매력으로.

사람이 그렇듯, 장소가 발휘하는 분위기도 제각기 달랐다. 좌천동 왜성 부근은 임진왜란 때 첫 패전지였던 부산진성이 있던 곳이어서 누구라도 유쾌하게 기억할 수 있는 곳은 아니었다. 그러나 그 기억의 터가 공동묘지로 변하고 공동묘지가 동물원으로 개발되던 그곳에 대해, 개원하지 못한 채 버려진 빈 동물 우리에 사람이 들어가 살았던 그곳에 대해 알아야 험한 과거를 되풀이하지 않을 것 같았다. 그리고 그 터에 살았던 사람들의 일상사는 잠시라도 그것을 목격했던 내가 얘기하지 않으면 사라져버릴 것 같았다.

우리가 과거를 떨쳐내고 미래로 나아가는 시점은 지난 아픔에 대해 얘기하며 애도할 수 있을 때가 아닐까 싶었다. 그래야 우리 모두 조금이라도 나은 사람이 되지 않을까 싶었다.

귀부인은
옥수수 밭에

조미형

나백은 숨 막히는 더위에 눈을 떴다. 야자나무 무늬가 그려진 초록색 반바지가 땀에 젖어 엉덩이 사이에 끼었다. 원터치 모기장을 걷어 한쪽으로 밀어놓고 임랑 앞바다를 향해 기지개를 폈다. 바람이 없는 바다는 호수처럼 잔잔하다. 물에 반사된 햇빛 때문에 눈이 부셨다. 아침부터 소란스럽게 날아든 갈매기 떼가 배 난간에 줄지어 앉아 똥을 갈기고 있다. 나백은 찌그러진 깡통에 소변을 눴다. 소나기라도 한바탕 쏟아지면 비누거품 샤워라도 하는데, 구름 한 점 없는 하늘은 바다를 삼킬 듯 쨍하다. 푸드덕, 피할 틈도 없이 발등에 뜨끈한 덩어리가 떨어졌다. 갈매기 한 마리가 어정쩡한 자세로 굳어버린 나백의 머리 정수리를 스치듯 날아간다. 나백은 뱃속이 울리도록 소리를 질렀다. 난간에 앉아 있던 갈매기들이 푸드덕 날아오른다. 나백은 주문처럼 되뇌었다. '죽인다. 기름칠이 아주 잘된 총으로, 한 방에 열 마리 모가지를 관통하는 총알을 넣고 쏘고 만다.' 총알을 장전하고 방아쇠를 당기는 상상을 한다. 목이 꿰뚫린 갈매기들이 추락하는 모습을 떠올리자 목덜미를 옥죄던 무더위와 발등에 떨어진 뭉근한 새똥이 조금 견딜 만해졌다.

'귀부인과 항해를 떠나도 좋겠어.' '귀부인'은 1.9톤 선외기다. 아버지가 쓰던 낡은 낚싯배였다. 나백은 문득 팔아버린 엔진이 아쉽다는 생각을 했다. '귀부인'이 항구에 있을 때, 밤낚시꾼들은 '귀부인'을 좋아했다. '귀부인'은 종종 부부싸움의 불씨가 되었는데, 아버지는 그걸 또 재미있어 했다. 소형 낚싯배에 '귀부인'이라는 이름을 붙인 건 순전히 아버지의 치기 어린 낭만이 남긴 결과였다. 아버지 평생 꿈이 '귀부인'을 만나 사랑에 빠지는 거였다. 건어물 가게를 했던 어머니는 아버지의 귀부인 타령을 우스갯소리라며 코웃음을 쳤다.

'귀부인'은 부산 동해안, 임랑 해안가 옥수수 밭에 정박 중이다. 나백은 '귀부인'의 심장, 존슨 175 엔진을 떼어내 한 달 전 중고로 팔아 컵라면과 생필품을 샀다. 지금도 가끔 '귀부인'을 찾는 사람이 있다. 옥수수 밭에 앉아 있는 귀부인을 쳐다보고는 아쉬움 가득한 눈으로 발을 떼지 못하고 한참을 서성이다 가는 사람도 있다. 엔진이 없는 하우스형 보트는 나백에게 유일한 작업 공간이기도 했다.

모자이크 아티스트 윤나백은 심약한 사람이다. 작업을 할 때면 과민성대장증후군에 시달린다. 비쩍 마른 몸에 광대뼈가 불거진 얼굴, 작고 눈꼬리가 위로 올라간 두 눈에는 늘 핏줄이 서 있었다. 남들이 뭐라고 하든 나백은 자신의 마른 몸과 예민한 기질에 만족하는 편이었다. 현재 자신의 모습은 깨어 있는 정신을 보여주는 예술가답다고 생각하고 있었다.

나백은 자칭 미래지향적 창조예술가라 하지만, 그의 명성은 파괴 전문으로 알려져 있었다. 그의 작품은 기이하거나 추하다는 평이 따라붙었다. 초기 몇 작품은 꽤 반응이 좋았다. 방송이나 예술전문지에 소개도 됐다. 유산으로 받은 건물을 팔아 작업실을 만들고, 새로운 시도로 도자기 가마까지 주문제작해서 그림 타일을 만들었다. 브로콜리 그림 타일 조각으로 만든 지구 모형은 '푸른 지구, 무한한 생명'이라는 의도와 다르게 '구토 유발'

조각품이라는 악평이 붙었다. 또 다른 작품인 모자이크 벽화 '낮잠'은 '저주' 장소로 유명세를 치렀다. 벽화 '낮잠'은 꽃밭에 누워 잠든 아이를 표현한 작품으로 생선뼈와 유리구슬, 버려지는 병뚜껑으로 만들었다. 넉 달에 걸쳐 완성한 벽화는 만취한 사내가 오줌을 갈기고, 오토바이 폭주족들이 휘두른 막대기에 부서졌다.

나백은 예술적 가치를 몰라보는 사람들이 자신의 작품을 훼손한 데 엄청난 분노를 느꼈다. 나백이 추구하는 예술은 기존의 것을 파괴하고 완전히 새로운 가치를 부여하는 데 있었다. 그 과정에 자신의 모든 에너지를 쏟아부었다. 어디선가 본 듯한 느낌이 든다면 창작이라고 볼 수 없다고 단언했다. 낡은 것을 파괴하지 않고 어떻게 새로운 것을 만들 수 있는가! 늘 새로움에 갈증을 느끼는 나백은 점점 더 혼자 있는 시간이 늘어났다. 한때 나백은 모자이크 아티스트로 꽤 이름을 알렸다. 시대를 앞서가는 예술가로 불리며 대형 작품 의뢰가 많았다. 그중 하나는 폐광 후 버려진 절벽에 푸른 용을 새기는 작업이었다. 십 년이 지난 지금도 푸른 용은 폐광을 대표하는 작품이다. 그의 성공을 시기라도 하듯 누군가 나백의 SNS에 곰팡이가 핀 썩은 감자 사진을 올렸다. 댓글이 줄줄

달렸는데 나백의 예술성은 썩은 감자와 곰팡이라 불렸다. 도대체 무슨 의미로 그렇게 부르는지 나백은 알 수 없었다. 단순한 조롱이라고 넘기려 했는데, 최근 몇 년간은 간간히 들어오던 시제품 콜라보 의뢰까지 끊어져버렸다. 안 그래도 마른 몸이 서리 맞은 고춧대처럼 말라갔다. 그럼에도 불구하고 나백은 어쩌다 들어오는 작품 의뢰를 의뢰인의 의도에 맞추기보다 자신의 생각을 밀어붙였다. 서른넷, 그에게 남은 것은 작업실 겸 거주지인 '귀부인'뿐이다.

나백은 '귀부인'을 완벽한 예술작품으로 새롭게 창조하는 작업에 몰두 중이다. 백사장에서 건져 올린 자연이 만들어낸 재료들로 작업하고 있었다. 유리 조각이나 크고 작은 조가비, 파도에 마모되어 동그래진 플라스틱 조각들, 햇볕에 바싹 말라 돌처럼 굳어진 불가사리와 파도에 부서져 떠밀려 온 산호 조각들을 조각 퍼즐 맞추듯 자리를 정하고, 자르고 붙이기를 반복했다.

그럴 때면 나백은 자신의 작업 공간인 귀부인 뱃속을 자랑하고 싶다는 생각이 불쑥 들었다가 또다시 시달릴 예술에 무지한 사람들이 뱉어내는 악평이 떠올랐다.

'똥을 싼다. 똥을 싸!', '토나온다. 고만해라. 말술 처먹었나.', '돈 참 쉽게 버네.', '미치광이나 좋아할 만한 쓰레기', '지구를 위협하는 테러'라는 어처구니없는 소리도 들었다.

나백은 잔뜩 찌푸린 얼굴로 뱃전에 고개를 내밀고 '사생활 침해하지 말고 썩 꺼져라!' 버럭 소리를 질렀다. 엔진이 없는 배는 더 이상 바다에 머무를 수 없다. 나백은 돈을 벌면 최신형 엔진을 알아봐야겠다고 생각했다. 뱃머리에 서서 콧구멍을 벌렁거렸다. 비릿한 갯냄새가 난다. 항해를 준비하는 선장을 상상하며 예술혼을 불러오는 장중한 의식을 막 떠올리는 순간, 분위기를 깨는 괄괄한 소음이 들렸다.

"야! 야, 윤나백! 일어났나. 그 어정쩡한 자세는 머꼬? 다이빙 할라고?"

배 난간으로 고개를 내밀자 시꺼먼 잠수복을 입은 퉁퉁한 사내가 손에 오리발을 들고 서 있다. 임랑 물개로 불리는 한도욱이다. 다섯 평 가게에 파도학교 간판을 내걸고, 서핑을 가르치며, 서핑 용품을 판매한다. 현재는 거의 폐업 수준이다. 인근 송정해수욕장으로 사람이 몰리면서 임랑 해변에는 찾는 사람이 없다. 도욱은 평균에 못 미치는 작달막한 키에, 어깨가 벌어지고 살집이 많다. 퉁퉁한 덩치는 바다에 들어가면 물개처럼 유연하게 물살을 가른다. 입은 또 어찌나 거친지 거품을 뱉어내는 털게의 집게발보다 날카롭고 독하다. 그러다 가게를 찾아온 손님을 대할 때는 까만 눈을 반짝이며 찐빵같이 볼을 부풀리고 눈꼬리가 휘어지도록 웃는다. 태세전환이 빠른 놈이다. '배에서 바다까지는 못해도 백 미터가 넘는데, 다이빙은 무슨 헛소리를 하는 거야,' 튀어나오려는 말을 꾹 참은 나백은 오리발만 달랑 들고 있는 그의 손을 보고는 물었다.

"문어는? 불가사리는?"

도욱이 손으로 물기 묻은 머리카락을 털었다. 분명 며칠 전부터 문어를 잡아 오겠다고 큰소리를 쳤다. 자연산 문어숙회에 소주를 마시게 해주겠다며 설레발을 쳤었다. 지난주부터는 불가사리로 서핑 학교를 알리는 간판을 만들어 달라고 끈질기게 나백을 괴롭히고 있다. 도욱은 최근 들어 불가사리에 유난히 집착한다. 끈으로 묶어놔도 탈출하는 불가사리 영상을 본 후로 생긴 어처구니없는 믿음이다. 바다에 잠수했을 때 천하무적이 될 수 있는 힘이 불가사리에 있으니 자신이 불가사리가 되어야 겠다는 엉뚱한 소리를 해댔다. 바다 신으로 불가사리를 섬기기로 했다는 망발까지 하고 다닌다. 그의 말대로 불가사리로 모자이크 간판을 완성하는 날, 도욱은 불가사리를 신으로 섬기는 신실한 신자가 되어 무릎을 꿇을지도 모르겠다. 도욱이 괄괄한 목청을 세워 말했다.

"야, 바닷물이 더워서 문어가 없어. 불가사리는 내일 가져다줄게."

문어가 바위 틈 사이를 빠져나가는 모양을 온몸으로 흉내 내며 주접을 떨던 도욱이 코를 실룩거렸다.

"야, 거 좀 갔다 버리라. 이동식 변기통 하나 사줄까? 돈 없나?"

나백은 조타실 구석 바닥에 오줌이 찰랑거리는 깡통을 내려놨다. 반바지에 다리를 끼워 넣고, 구석에 뭉쳐 있던 회색 티를 털어 입었다. 옷에서 쉰내가 훅 났다. 도욱이 고개를 돌리며 인상을 썼다.

"야, 좀 씻고 살아라. 더럽꾸로 꼴이 그게 머꼬. 꼬질 꼬질한 것도 예술이가! 리얼 생존 배에서 살아남기 촬영 중이가?"

도욱이 컥컥거리고 웃었다. 멀리서 큰소리로 나백과

도욱을 부르는 소리가 들렸다.

"머하노. 얼른 넘어온나. 싱싱한 말미잘 새로 들어왔
다."

두 사람을 부르는 사내는 우봉이었다. 보라색 비닐
앞치마를 입고 식당 입구에 서 있다. 나백은 배에서 뛰어
내렸다. 흙먼지가 풀썩 일었다. 두 사람은 옥수수 밭을
가로질러 걸었다. 까끌까끌한 옥수수 잎이 팔뚝을 스쳤
다. 나백은 몸에 스치는 옥수수 잎을 꺾어 밭고랑에 버렸
다. 이파리 몇 개 뜯어내도 옥수수는 쑥쑥 자란다. 도욱
이 까만 눈을 반들거리며 물었다.

"야, 가게 간판 언제 만들어 줄 건데? 생각해놓은 디
자인은 당연히 있겠지!"

나백은 속으로 욕을 퍼부었다. 그놈의 야, 야, 소리만
들어도 머리가 지끈거렸다. 주문제작의 기본은 착수금이
다. 계약금도 없이 일을 하라고 하는 건 예술가를 무시
하는 기만행위다. 몇 번이나 계약금을 줘야 일을 한다고
했는데, 도욱은 들은 척도 안 한다. 실실 웃으면서 아는
사이에 뭘 그렇게 야박하게 따지냐며 오히려 주먹으로
어깨를 퍽퍽 쳤다. '뚝딱 몇 번만 하면 쉽게 만들 수 있는
걸, 그저 슬쩍 하나 주면 되는 걸.' 주절주절 읊어대는 도

욱의 입을 걸레로 틀어막고 싶었다. 나백은 불가사리를 열 포대 구해 오면 생각해보겠다고 했다. 도욱은 그 정도는 일도 아니라며 큰소리를 쳤다. 지금도 나백은 도욱의 멱살을 쥐고 짤짤 흔들고 싶은 걸 꾹 참는다.

"딱 떠오르는 게 없네."

나백의 말에 도욱이 오리발로 나백의 등을 퍽 때렸다. 나백은 예상치 못한 강한 충격에 몸이 앞으로 휘청했다. 도욱이 나백의 어깨를 잡아채며 다그쳤다.

"눈에 확 띄는 걸로 후딱 만들어봐라. 그래야 사람들이 바글바글 몰려오지."

도욱은 요구 조건을 매일매일 새롭게 바꾸거나 허접한 내용을 추가한다. 어김없이 생각나는 대로 입을 놀린다.

도욱이 또다시 생각나는 대로 떠벌거린다.

"파도 타는 불가사리와 물개 어떻노?"

"그냥 네 전신사진을 걸어라."

나백의 말에 도욱이 머리를 바싹 들이밀었다.

"야! 니는 예술가잖아! 눈에 확 띄는 간판을 해야 손님이 오지. 내가 잘되면 니도 이름 날리고 좋잖아. 친구 좋다는 게 뭐꼬. 어깨동무하고 같이 가는 게 친구 아니가!"

나백은 한숨조차 나오지 않았다. 어제는 앨버트로스, 그제는 포세이돈을 심벌로 하고 싶다던 놈이다. 나백은 코웃음이 났지만 더러워도 참아야 한다.

'귀부인'이 정박해 있는 옥수수 밭 땅주인이 도움이다. 밭에 쑥쑥 자라고 있는 옥수수는 말미잘 매운탕 가게를, 하는 전우봉 소유다. 가게 앞에 가마솥을 걸어 놓고 옥수수를 삶아 팔고 있다. 무슨 일인지 우봉이 이른 아침부터 밥 먹자고 가게로 불렀다. 나백은 찜찜했지만, 마땅히 거절할 명분이 없었다. 우봉이 하는 매운탕 가게에서 바닷가 쪽으로 쳐다보면 '귀부인'이 한눈에 보인다. 낡은 배에서 하루 종일 배 안팎을 돌면서 뜯었다 부쳤다가 접착제를 바르고 조각을 붙이는 작업만 하는 나백의 일상을 주변 사람들은 다 안다.

임랑 해수욕장을 마주 보고 지붕 낮은 건물이 두 채 붙어 있다. 간판이 떨어진 서핑 가게와 매운탕 가게다. 매운탕 가게 사장 우봉이 비닐 앞치마를 입고, 수조에서 말미잘을 꺼내고 있다. 나백은 말미잘만 보면 자신도 모르게 눈꺼풀이 파르르 떨린다. 너풀거리는 촉수와, 흐느적거리는 몸통을 보면 발가락이 오그라들고 발목이 찌릿하다. 어린 시절 바다에서 놀다 해파리에 쏘인 기억은 그의 뇌에 지독한 고통을 각인시켜놓았다. 흐느적거리는 모든 것들이 그에게는 공포다. 도욱이 나백의 어깨를 툭 치면서 피식 웃었다.

"야, 오늘은 도전해봐라. 맛은 장담한다. 진짜다! 예술가를 위해서 우리 둘이서 준비했다."

우봉이 빨간 고무통에 말미잘을 떠 담았다.

"덥다, 들어가자."

가게 안은 시원했다. 에어컨이 켜져 있고, 천장에서 실링팬이 돌아가고 있었다. 목구멍을 꽉 막고 있던 답답함이 사라지자 머리까지 맑아졌다. 도마에 말미잘을 올리고 칼을 든 우봉의 머리가 햇빛을 받아 반짝였다. 잠수복을 벗고 반바지에 면 티로 갈아입은 도욱이, 주머니에서 휴대폰을 꺼냈다. 도욱은 식칼을 집어 든 우봉을 향해 카메라를 맞췄다. 녹화 버튼을 누르면서 도욱이 히죽 웃었다. 두 사람이 나백에게 말미잘 매운탕을 먹이기로 단단히 벼른 듯했다. 나백의 허옇게 질린 얼굴과 덤덤한 표정의 우봉을 번갈아 촬영하던 도욱이 말했다.

"예술가의 첫 말미잘 매운탕 도전기를 시작합니다. 오늘의 요리를 맡은 요리사 전우봉 한 말씀 하시지요."

우봉이 짐짓 진중한 표정을 지으며 말했다.

"말미잘에는 독이 없어요. 생긴 모양이 비위 상한다고 생각하는 것도 편견입니다. 번데기나 곱창에 비하면 말미잘은 귀엽게 생겼습니다. 먹고 싶다고 해서 모든 사람들이 다 먹을 수 있는 것도 아닙니다. 말미잘은 선택받은 미식가만 먹을 수 있습니다."

젠장, 나백은 입으로 튀어나오려던 비명을 꾹 눌러 참았다. 눈앞의 두 녀석은 나백을 끊임없이 도발한다. 이유는 없다. 단지 그들의 눈앞에 나백이 있기 때문이다. 날은 덥고, 가게에 손님은 뜸하다. 무료함에서 오는 괴팍한 장난이라고 웃고 넘기기에는 나백의 심신이 괴롭다. 먹는 것마저 선택할 수 없다면 뭣 하러 숨을 쉰단 말인가. 자괴감이 몰려왔다. 나백은 소리를 지르고 싶었다. 하지만 입술이 떨어지지 않았다. 두 녀석은 말이 통하지 않다는 걸 너무나 잘 안다. 한동네에서 나고 자란 놈들인데 왜 모르겠는가. 모르는 사람이 봤다면, 실링팬 돌아가는 소리와 도마에 칼질하는 소리가 잔잔한 바다와 어울려, 여유로운 풍경이라고 감탄할지도 모른다. 풍경에 포함된 나백의 등줄기로 식은땀이 흘렀다. 도욱이 잔뜩 흥이 오른 얼굴로 호기롭게 외쳤다.

"땡초 듬뿍 넣어주세요, 쉐프님. 매운탕은 입이 얼얼

하게 매워야 매운탕이지요."

꼴에 녹화 중이라고 웃기지도 않게 방송에 나오는 말투를 흉내 낸다. 나백은 도욱의 괴상한 말투에 손발이 오그라드는 것 같았다. 말미잘 매운탕을 떠올리자 나백은 벌써부터 똥구멍이 따끔거렸다. 저것들은 '귀부인'에 똥을 갈기는 갈매기보다 더 나백을 짜증나게 했다. 나백이 아무리 발버둥 쳐도 오늘은 기어코 말미잘 매운탕을 먹일 기세다.

도욱이 녹화한 영상을 확인하는 사이, 우봉이 식칼을 들고 나백에게 말했다.

"나백, 다 너를 위해서 그런 거야. 너 SNS 조회수 한 자리지? 오늘 영상을 올리면 뜰 수 있어. 우리는 내일 놀라운 경험을 하게 될 거야."

우봉의 머리는 전구 알처럼 매끈하다. 우봉은 스물아홉에 정수리 탈모가 왔다. 자칭 어부 요리사인 우봉은 주방에서 머리카락은 쓰임이 없다고 식칼을 들고 선언했다. 망설임 없이 머리카락을 다 밀어버렸다. 우봉은 생각하면 행동에 바로 옮기는 성격이다. 뒤돌아보지도 않는다. 직진만 하는 우봉이 말미잘을 공중에 던졌다 받는다. 나백은 보기만 해도 뭉글뭉글한 느낌에 온몸에 소름이 돌았다. 나백의 얼굴이 굳어졌다. 벌써부터 속이 울렁 거렸다.

우봉은 말미잘을 꺼내 촉수를 잘라내고, 몸통을 반으로 갈랐다. 낚싯바늘이 있는지 칼날로 슬쩍 긁고, 손가락 두 마디 길이로 숭숭 썰었다. 말미잘 여섯 마리를 썰었다. 장어 두 마리를 꺼내 토막 냈다. 우봉이 냄비를 꺼내고 썰어 놓은 장어와 말미잘을 담았다. 된장과 고추장을 넣고, 고추와 대파 양파를 넣는다. 불 위에 올린 냄비에서 끓는 소리가 난다. 수제비 몇 조각을 던져 넣고, 가루 양념 몇 가지를 뿌렸다. 향이 강한 깻잎과 방아잎을 한 움큼 올렸다. 휴대폰으로 영상을 녹화하던 도욱이 침을 꼴딱꼴딱 삼키며 냄새를 킁킁 맡았다.

부글부글 끓는 냄비가 나백 앞에 놓였다. 도욱이 휴대폰 렌즈를 나백에게 맞췄다. 두 사람의 날카로운 시선에 나백은 마지못해 숟가락을 들었다. 우봉이 젓가락으로 말미잘을 나백의 숟가락에 올려주었다. 방송에 출현하는 요리사처럼 설명을 덧붙인다.

"세상 어디에서도 먹을 수 없는 맛이다. 먹어봐라."

나백은 곱창처럼 생긴 말미잘 조각을 입에 넣었다. 뭉컹한 덩어리가 혀끝에 걸렸다. 흡사 혀를 잘라 놓은 느낌이다. 맵고 얼큰한 국물이 목구멍을 달구었다. 나백은 덩어리를 꿀꺽 삼키고 물을 마셨다. 도욱과 우봉이 큰소리로 웃었다. 두 사람의 눈빛과 협박에 가까운 강요로 나백은 몇 번이나 말미잘탕 삼키기를 반복했다.

도욱이 촬영한 영상 속 나백의 얼굴에는 공포와 절망이 여실하게 드러나 있었다. 말미잘을 입에 넣고 씹지도 못하고 뜨거운 국물과 함께 꿀꺽 삼킬 때는 두 눈을 질끈 감고 있었다. 이마와 콧잔등에 땀방울 송송 맺혀 있고, 목울대가 꿈틀거리는 모습까지 선명하게 보였다.

나백은 억지로 꿀꺽 삼킨 말미잘 조각이 자신의 뱃속을 휘저으며 쥐어뜯는 것 같았다. 나백은 꾸룩거리는 아랫배를 붙잡고 종일 옥수수 밭 사이를 뛰어다녔다. 도욱은 나백의 그런 모습을 또 쫓아다니며 휴대폰으로 찍었고, 우봉은 뭉툭한 손으로 영상을 절묘하게 편집했다.

한여름의 낮은 길고 무더웠다. 해가 지고도 열기는 꺾이지 않았다. 그날 밤, 나백은 도욱과 우봉의 가게 간판을 만들었다. 간판을 던져주면 한동안 귀부인 근처를 어슬렁거리지 않을지도 모른다는 생각을 했다. 귀가 따갑도록 요구 조건을 쏟아낸 도욱의 서핑 샵 간판은 파도 타는 불가사리를 캐릭터로 만들었다. 도욱이 던져준 불

가사리 중 붉은색과 푸른색을 띠는 불가사리를 골라 약
품 처리를 한 후 도욱이 타는 서핑 보드 모양을 구성했
다. 조명 설치할 공간을 만들고, 전기 작업만 남겨둔 상
태로 간판 작업을 마무리했다. 말미잘 매운탕을 대표 음
식으로 내건 우봉의 매운탕 가게 간판은 말미잘 밑그림
을 그리고 진주 빛깔을 내는 조개껍데기를 붙였다. 말미
잘 배경은 산뜻하게 푸른색으로 칠했다. 새벽까지 이어
진 작업을 대충 마무리한 나백은 귀부인 갑판에 누워 눈
을 감았다. 기분 좋은 피로감이 이불처럼 온몸을 나른하
게 덮었다.

　나백이 눈을 떴을 때는 늦은 오후였다. 바다는 노을
이 늘어지면서 붉게 변해 있었다. 나백은 간판을 배 조
타실 벽에 세웠다. 형태가 잡힌 간판은 꽤 마음에 들었
다. 두 사람에게 보여주고 마무리 작업을 해도 될 것 같
았다. 나백은 뒷정리를 한 후 배 안쪽 기관실 아래로 내
려갔다. 해가 지고 어둠이 귀부인에 올라탔을 때, 나백은
바닥을 살폈다. 며칠 전 방수 작업을 하고 타일을 붙여
나백이 누워도 되는 길이의 수조를 만들었다. 건조 상태
를 확인한 나백은 펌프에 연결된 호스를 바다로 끌어냈
다. 바닷물을 끌어올려 수조를 채울 생각에 심장이 두근

거렸다. 아주 오랫동안 느껴보지 못한 기분 좋은 두근거림이었다.

늦은 밤, 옥수수 밭에 정박한 '귀부인'에 도욱과 우봉이 찾아왔다. 모자이크 아티스로 작품 활동을 알리던 나백의 SNS 계정에서 어제 올린 말미잘 매운탕 영상을 확인했다. 예상보다 조회수가 많았다. 주르르 달린 댓글을 보면서 도욱이 대박 조짐이 보인다며 또 다른 영상을 올리자고 말했다. 세 사람은 '귀부인'에 앉아 안동소주를 마셨다. 우봉이 가져온 라임 조각을 소주잔에 넣고 흔들었다. 톡 쏘는 새콤한 향이 텁텁한 공기 중으로 퍼졌다. 안주로 우봉이 꺼낸 것은 말린 미역귀였다. 나백은 미역귀를 뜯어 입에 넣었다. 말린 해초에서 바닷물 냄새가 났다.

나백은 1차 마무리한 간판 두 개를 꺼냈다. 도욱이 얼굴을 찡그리며 나백을 쳐다보았다.

"야, 이건 아니지! 내가 말한 간판은 이게 아니야! 밋밋해! 독창성이 없어!"

우봉은 말미잘 모양 간판을 들고 앞뒤로 뒤집었다.

"애들이 갖고 놀다 망한 거 가져온 것 같은데? 짐승

이 싸질러 놓은 똥 같은데!"

물론 손을 더 봐야 하지만, 형태는 꽤 괜찮다고 나백은 생각해서 꺼내 놓은 간판이었다. 가게 규모에 맞게 크기를 고민했다. 채색을 하고, 테두리 상감 작업을 하고, 입체감을 주기 위해 준비해둔 모자이크 타일을 붙이면 어디에도 없는 독특한 간판이 될 거였다. 그런데 두 사람은 간판 크기가 작다는 말을 시작으로 불만을 쏟아냈다. 나백이 설명하려고 입을 열기도 전에 도욱이 불퉁한 표정으로 말했다.

"야, 내가 너 어떻게든 띄워보려고 팔이 부들부들 떨리는 거 참아가며 촬영했는데, 너 그러면 안 된다. 너 당장 내일부터 계약하자고 사람들이 찾아오면 그거 다 내 덕이야. 그런데 꼴랑 간판 하나 만드는 게 뭐 그리 어렵다고 쪼잔하게 손바닥만 하게 만드냐. 이왕 만드는 거 좀 크게 크게 만들어줘."

우봉이 고개를 끄덕이더니 목청을 착 가라앉히고 판결하는 판사처럼 말했다.

"모자이크 아티스트답게 제대로 해라."

나백은 말문이 막혀 입을 다물었다. 피로감이 몰려왔다. 나백의 기분은 아랑곳하지 않고 도욱이 우봉에게 말했다.

"야, 우리 집에 갈 때는 바닷가 샛길로 가자."

말을 하면서 도욱은 나백을 힐끔 본다.

"와? 밭을 가로질러 가면 빠른데 뭣 하러?"

어리둥절한 표정을 짓는 우봉을 보며 도욱이 키득거
렸다.

"저자식이 사방팔방 싸질렀다."

우봉이 나백을 빤히 쳐다보더니 진지한 표정으로 말
했다.

"거름 준다고 고생했다. 옥수수 몇 개 따서 삶아 먹어
라."

옥수수 알갱이가 박힌 거뭇한 똥 덩어리가 머릿속에
불쑥 떠오르자 나백은 조금 진정되던 속이 또다시 왈칵
뒤집어졌다. 배 난간을 잡고 신물을 게워낸 나백은 벌러
덩 누웠다. 밤하늘에 별이 떠 있었다. 나백은 울렁거리는
아랫배를 손바닥으로 눌렀다. 바람이 부는지 옥수수 잎
이 서걱거리는 소리가 난다. 나백은 '귀부인' 안과 밖을
어떻게 바꿀지 궁리했다.

소란스러움에 눈을 뜬 나백은 일어나면서 기지개를

폈다. 갑자기 빛이 번쩍했다. 나백은 눈을 질끈 감았다. 몸을 돌려 실눈을 떴다. '귀부인' 배 주변을 몇몇 사람이 두리번거리며 사진을 찍고 있었다. 후다닥 일어난 나백은 배 난간에 몸을 기대고 버럭 소리를 질렀다. 심장이 미친 듯이 벌떡거렸다.

"뭡니까?"

사람들이 그를 향해 휴대폰을 번쩍 들어 올리더니 사진을 찍었다. 자기들끼리 주고받는 웅성거리던 말들이 나백의 귀에 조금씩 들어왔다. 말미잘 매운탕, 설사, 엽기, 마그마, 악마. 온갖 말들이 튀어나왔다. 배 안으로 들어오려고 하는 사람도 있었다. 또 다른 사람은 배를 주먹으로 툭툭 두드렸다. 나백은 떨리는 손으로 휴대폰을 눌렀다. 그의 SNS 계정 조회수가 세 자리로 늘어나 있고, 댓글이 주르륵 달려 있었다. 밤사이 그의 계정은 말미잘 매운탕처럼 부글부글 끓었던 모양이었다. 해가 지자 어슬렁거리던 사람들도 사라졌다. 나백은 귀부인에서 내려와 우봉이 가게로 뛰어갔다. 기다리고 있었던 것처럼 우봉과 도욱이 식탁에 쟁반을 내왔다.

쟁반에 뼈들이 가득하다. 나백은 갑작스럽게 벌어진

일들에 머리가 지끈거렸다. 눈 밑이 쑥 들어간 나백과 달리 눈앞에 앉아 있는 두 사람의 얼굴은 만개한 호박꽃처럼 붉게 상기되어 번들거렸다.

"이걸 나보고 먹으라고?"

핏기라곤 없는 창백한 나백의 얼굴이 일그러졌다.

휴대폰을 든 도욱이 연신 고개를 끄덕이며 얼른 시작하라고 손짓으로 재촉한다. 우봉이 팔짱을 끼고 의자에 등을 기댔다.

"뼈들의 만찬이다. 어떻노. 이보다 창의적이고 예술적인 식단은 앞으로도 나오기 힘들 거다. 그러고 보면 진정한 예술가는 나백이 니가 아니고 내 같은데."

배부른 들고양이처럼 입가를 끌어올린 우봉이 나백을 보았다. 나백이 입을 열기 전에 도욱이 끼어들었다.

"맞다. 우봉이는 천재다. 천재 예술가 쉐프 우봉! 이걸 올리면 사람들이 와글와글 몰려올 거다."

나백은 얼굴이 하얗게 질렸다. 이제 누구도 그의 모자이크 작품에는 관심이 없었다. 나백은 하얀 쟁반에 제각각의 모양을 드러낸 뼈들을 보았다. 잔잔한 가시들이 박힌 건 멸치 뼈로 보인다. 반질거리는 걸 보면 기름에 볶은 듯하다. 약간 노리끼리한 색의 굵은 뼈 튀김은 장어

뼈다. 손톱크기의 게 튀김, 반으로 가른 연어 머리 뼈와
몸통 뼈 간장조림, 직사각의 긴 쟁반에는 꽁치 머리와 몸
통 뼈에는 꼬리까지 달려 있다. 포를 뜨고 남은 갈치 몸
통 뼈만 모아서 고추장 양념에 조린 것, 원형 쟁반에는
아귀 뼈와 아귀 머리가 수육으로 담겨 있다. 뼈 만찬 식
탁을 보고 있으니 어린 시절 마당에서 키우던 누렁개 밥
그릇에 쏟아주었던 뼈다귀들이 떠올랐다. 나백은 무릎에
손을 올리고 두 사람을 노려보았다. 그러자 우봉과 도욱
이 귓속말을 주고받더니 우봉이 말했다.

"나백, 왜 그런 눈으로 보는 거지? 이건 너를 위해서
우리가 준비한 거잖아."

도욱이 추임새를 넣었다.

"너 때문에 우리가 이 더위에 주방에서 땀으로 샤워
를 하면서 만들었는데. 섭섭하네."

나백은 주먹 쥔 손이 부들부들 떨렸다. 도욱이 안타
깝다는 표정으로 말했다.

"야, 쉽게 가자. 그냥 몇 번 먹기만 하면 되잖아."

도욱이 불퉁하게 말했다.

"아님, 귀부인 철거 하던가."

나백은 고개를 번쩍 들었다. 우봉이 표정 없는 얼굴

로 식탁을 향해 턱짓을 한다. 나백은 가슴이 옥죄어 오고 목구멍이 꽉 막히는 느낌에 숨이 막혔다. 목줄이 당겨진 개처럼 나백은 젓가락을 잡았다. 손이 떨리면서 젓가락이 바닥으로 떨어졌다. 우봉이 말없이 다른 젓가락을 내밀었다. 나백은 육수용 멸치에서 뼈만 빼내어 볶은 멸치 뼈를 입에 넣었다. 짭짤한 소금 맛이 났다. 도욱이 폰 카메라를 나백에게 맞추었다. 장어 뼈 튀김은 씹다가 끝내 뱉어냈다. 아귀 뼈는 목구멍에 걸려 콧물 눈물을 쏟아내며 기침을 해서 겨우 빼냈다.

그날 밤, 나백은 밤새 잠을 이루지 못했다. 눈을 감으면 뼈들이 나백의 몸을 갉아먹는 악몽에 시달렸다. 무엇보다 나백을 슬프게 한 것은 '뼈'들이다. 나백은 배 안을 뼈를 이용해서 모자이크 벽화 작업 중이었다. 버려지는 뼈들은 나백의 손에서 새로운 생명을 얻어가고 있었다. 그런데 두 사람이 '뼈'를 그에게 억지로 먹게 만들었다. 나백을 향한 명백한 조롱이었다. 배 안을 엿본 게 분명했다. 완성되기 전에 노출된 작품은 가치가 없다. 예술적 가치에 대한 나백의 신념은 단 한 번도 변하지 않았다. 무릇 창조란 파괴에서부터 시작할 때 온전한 독창성을 가진다고 믿었다. 누군가 봐버린 뼈는 쓸모가 없다. 그렇다고 해서 아깝지 않는 것은 아니었다. 끌을 잡은 손에 힘을 주고 힘껏 내리꽂았다. 벽에 고정했던 단단한 꽃산호가 쪼개졌다. 예전에 벽화 작업을 같이 하던 동료가 나백에게 어쭙잖게 충고를 했다. '넌, 예술가도 창작자도 아니야. 그냥 파괴 중독자야!' 나백은 그가 나백을 시기하고 견제하는 몹쓸 놈이라 두 번 다시 보고 싶지 않았다. 그날 휴대폰에서 그놈 번호를 삭제해버렸다.

어린 시절 담벼락을 사이에 두고 함께 자라온 도욱과 우봉조차 자신의 작품을 한갓 조롱거리로 여기고 있었다는 사실에 나백은 화가 치밀었다. 나백은 끝이 날카로운 끌을 들고 벽에 붙였던 뼈들을 뜯어냈다. 바닥에 떨어지는 뼈들을 잘근잘근 밟았다. 부서지는 소리가 나백의 귀에 한겨울 꽁꽁 언 눈밭을 걷는 소리처럼 들렸다. 해가 지자 창문조차 없는 배 안은 눈앞도 보이지 않을 정도로 캄캄했다. 나백은 랜턴을 들고 배 위로 올라왔다. 종일 끌을 들고 휘두른 탓에 어깨가 묵직하고 팔꿈치와 손목은 동상에 걸린 듯 얼얼했다. 나백은 갑판에 벌러덩 누웠다.

삐걱거리는 소리가 들리고 누군가 나백의 발을 툭툭

걷어찼다. 나백은 실눈을 뜨며 일어났다. 배 난간에 걸린 랜턴 불빛에 그림자가 길게 늘어졌다. 도욱과 우봉이 담배를 꼬나물었다. 도욱이 나백의 눈앞에 포장해 온 종이 도시락을 내밀었다.

"종일 굶었지? 배고플 것 같아서 준비했다."

우봉이 나백을 빤히 쳐다보며 말했다.

"너무 놀라서 턱 빠지지 마라. 맛은 봐야지."

두 사람이 눈짓을 주고받더니 소리 없이 웃었다. 도욱이 휴대폰을 들고 영상 녹화를 시작했다. 우봉이 도시락 뚜껑을 열고 먹어보라고 턱밑까지 들이밀었다. 나백은 눈앞의 두 사람이 갯강구처럼 보였다. 어둡고 습한 바위 뒷면에서 촉수를 더듬거리는 갯강구. 나백은 잔뜩 흐린 날, 바닷가에서 죽은 물고기를 뜯어먹던 갯강구를 본 적이 있었다. 검은 갈색을 띤 타원형 몸피가 유난히 번질거려 소름이 돋았었다. 나백은 무더위가 기승을 부리는 여름밤인데도 온몸에 소름이 돋았다. 우봉이 랜턴 불빛을 도시락에 비추었다. 까만 가시가 꼿꼿하게 서 있는 성게가 여섯 개, 구슬 크기의 생선 눈알이 열두 개였다.

나백은 자신도 모르게 마른침을 삼켰다. 우봉이 속삭이듯 말했다.

"갓 잡은 거라 싱싱하다. 얼른 먹어봐라."

담뱃불을 눈알 위에 비비며 우봉이 말했다.

"기억나나? 예전에 말이야, 내가 너네 엄마가 하던 건
어물 가게에서 마른 오징어 한 마리 슬쩍한 거, 니가 우
리집까지 찾아와서 돈 내놔라 했잖아. 내가 그날 몽둥이
찜질을 제대로 당했지."

우봉이 나백의 눈을 빤히 쳐다보면서 담배꽁초로 눈
알 한 개를 밀었다. 도욱이 힐끔 우봉 얼굴을 쳐다보더니
나백을 향해 피식 웃으며 말했다.

"말린 오징어 다리 하나만 달라고 했는데, 그때 니가
뭐라고 했는지 기억나나?"

나백이 고개를 저었다. 도대체 언제 적 이야기를 하는
지 도무지 알 수 없었다. 도욱과 우봉이 동시에 말했다.

"다리 한 개에 오백 원!"

두 사람이 컥컥거리며 침이 튀도록 웃었다.

우봉이 말했다.

"그때는 다 뭘 모르는 애들이었지. 이제 우리는 어른
이잖아."

도욱이 도시락을 손으로 툭 쳤다.

"돈 안 받을게, 그냥 먹어라."

나백의 얼굴이 허옇게 질렸다. 우봉은 나백의 손에 젓가락을 쥐어주었다. 도욱은 휴대폰을 들이밀며 녹화 중이라는 신호를 보냈다. 어디선가 두꺼비 우는 소리가 들렸다. 낮고 거칠며 웅얼거리듯 꾸룩꾸룩꾸룩거리는 소리만이 이어졌다. 그 소리는 나백의 입에서 비어져 나오고 있었다.

나백은 입안에 고이는 피를 목구멍으로 삼켰다. 통째로 삼킨 생선 눈알이 뱃속을 유영이라도 하는지 속이 울렁거렸다. 나백은 욱신거리는 턱을 손바닥으로 문질렀다. 두툼한 손으로 나백의 턱을 움켜잡고 입을 벌려 성게 가시를 밀어 넣던 우봉의 번질거리던 눈알을 파버리고 싶다는 충동이 일었다. 혀끝으로 입안을 훑었다. 긁히고 찔린 상처에서 피가 나왔다. 나백은 소주병을 들었다. 안동소주를 입안 가득 머금었다가 꿀걱 삼켰다. 지독한 통증에 두피까지 저릿했다. 눈알이 튀어나올 것 같은 통증에 눈물이 찔끔 나왔다. 나백은 신음 한 조각 내지 않고 입술을 깨물고 참았다.

나백은 귀부인 갑판에 엎어져 있는 도욱과 우봉에게 다가갔다. 두 사람은 나백에게 눈알과 성게를 먹이고, 고통에 질린 모습을 녹화했다. 녹화한 영상을 반복해서 돌려 보면서 킬킬거렸다. 허리를 잡고 웃었다가 나백을 힐끔거리며, 안동소주를 마셨고, 지금은 술에 취해 코를 골고 자고 있었다. 나백은 안중에도 없었다. 나백은 오늘 밤, 도욱과 우봉이 지독스럽게 요구했던 가게 간판을 그들이 원하는 대로 새롭게 만들기로 했다.

새벽 1시, 나백은 모든 준비를 마쳤다. 오로지 작업에만 몰두한 나백은 입안을 감돌던 비릿한 피 맛도 느끼지 못했다. 삼각대를 세우고 휴대폰을 고정했다. 지금부터 휴대폰에 담기는 영상은 생방송으로 나백의 계정에 올라갈 것이다. 나백은 술에 취해 의식이 없는 도욱을 향해 휴대폰 카메라를 맞췄다. 녹화 버튼을 누르고 작업에 들어갔다. 딱딱하게 마른 불가사리에 실리콘을 바르고 도욱의 머리에 붙였다. 도욱이 그토록 원했던 불가사리가 도욱의 머리에서 꽃처럼 피어났다. 눈과 코, 입을 뺀 얼굴에도 불가사리를 촘촘하게 붙였다. 굴곡이 있는 턱과 목에는 깨부순 불가사리 조각으로 덮었다. 통통하게 살집이 많은 도욱의 몸은 붉은색 불가사리로 덮고, 팔다리에는 따개비를 붙였다. 허벅지에서 발끝까지 검게 물들인 불가사리를 붙였다.

가장 위대한 예술작품은 단순하면서 원초적인 것이다. 무엇보다 의뢰인의 수준에 맞게 해야 한다는 것을 나백은 비로소 깨달았다.

나백은 우봉의 다리를 두 손으로 잡고, 질질 끌었다. 배 바닥으로 내려가는 계단에 우봉의 머리가 튕겨 올랐다 다시 떨어지기를 반복했다. 수조가 보이도록 삼각대를 세우고 휴대폰을 고정했다. 수조에 우봉을 밀어 넣었다. 나백은 잠시 허리를 펴고 서서 거칠어진 숨을 골랐다. 펄떡거리던 심장이 잠잠해지자 나백은 펌프 스위치를 눌렀다. 쿠르르 물소리가 들리더니 곧 호스에서 바닷물이 쏟아졌다. 나백은 물이 차오르는 수조에 커다란 비닐봉지를 넣고 커터칼로 비닐을 찢었다. 찢어진 봉지 사이로 쏟아진 말미잘들이 수조에 누워 있는 우봉의 몸을 향해 스멀스멀 움직였다. 곧 우봉의 몸을 말미잘들이 뒤덮었다.

나백은 팔다리에 근육통이 몰려왔지만, 마음은 홀가분했다. 배 위로 올라온 나백은 갑판에 벌러덩 누웠다. 옥수수 밭에서 희미한 소리가 났다. 쏴솨. 텁텁함을 몰아내려는 듯, 한 줄기 시원한 바람이 불었다. 나백은 벌떡

110

일어나 귀부인 뱃머리로 뛰어갔다. 먼 바다에 붉고 커다
란 점 하나가 쑤욱 올라왔다.

　나백은 숨을 크게 들이쉬었다. 뱃속 가득 숨이 찼을
때, 나백은 귀부인에서 뛰어내렸다.

작가노트

말미잘 매운탕에 소주 한 잔

멸치떼가 지나간 기장 앞바다에 여름이 밀려왔다. 해안가 텃밭에는 옥수수꽃이 피었다. 초여름 밤, 학리 방파제 포장마차에 앉아 말미잘탕을 마주했다. 생애 처음 보는 낯선 매운탕이었다. 보글보글 끓는 빨간 국물 사이로 삐죽 튀어나온 말미잘 촉수에 눈을 뗄 수 없었다. 등지고 앉은 옆 테이블에는 장어꼬리가 꿈틀거리고, 건너편 테이블에는 소주병이 줄지어 있다. 바다를 떠나지 못하고 바닷가 근처를 배회하며 살아가면서, 바다를 가슴에 품고 사는 사람들의 이야기를 풀어내고 싶었다.

'중독'이라는 테마로 소설을 써 보자는 말을 들었을 때 꽤 재밌을 것 같았다. 자료를 모으고, 구성을 하면서 시선은 늘 바다에 머물러 있었다. 바다는 매 시간마다 다른 모습이다. 소리가 다르고, 공기 중에 떠도는 냄새도 다르다. 물빛이 변하는 바다를 보면서 등장인물들이 품고 있는 욕망을 들여다봤다. 사람

112

사는 모습은 비슷하면서 다르다. 모두가 삶에 열정적이다. 열
정과 중독은 한끗 차이다. 오묘한 간극에 푹 빠져 밤바다를 보
던 내게 포장마차 주인장이 물었다. '술은 뭐로 드릴까?' 말미
잘을 입에 넣고 소주 한 잔 탁 털어마셨다. 몹시, 중독될 것 같
은 맛이다.

아무도
모른다

오영이

● 고레에다 히로카즈 감독이 만든 동명의 영화 〈아무도 모른다〉에서
제목을 따옴.

S백화점 네일살롱

"베이스컬러가 어두울수록 더 반짝거릴 거예요."

유니폼이 잘 어울리는 여자애는 색색의 네일비즈가 들어 있는 유리볼 몇 개를 테이블 위에 올려놓는다. 루비, 사파이어, 에메랄드, 다이아…. 보석의 이름으로 불리고 있지만 한낱 플라스틱 조각일 뿐인 네일비즈는 백화점의 할로겐 조명 아래 고혹적으로 빛났다. 이 중 몇 개를 골라 내 손톱 위에 올려놓는 순간 진짜 보석인 양 비싼 값이 매겨질 것이다. 나는 여자애의 권유대로 탁한 그레이컬러를 베이스로 정하고 나서 망설임 없이 커다란 루비를 고른다.

"너무 큰 건 좀 어색하지 않을까요? 더구나 이렇게 현란한 색을."

여자애의 남도 사투리가 거슬려 나도 모르게 한쪽 눈썹이 올라갔다. 어색이라는 단어를 쓰고 있지만 사실은 촌스럽다는 말을 하고 싶은 건지도 모른다. 나는 대꾸를 하지 않는 것으로 여자애의 말을 묵살한다. 순간 매니저가 잽싸게 다가왔다.

"이렇게 과감한 선택이 쉽지 않은데, 탁월하십니다."

여자애의 섣부른 참견을 만회해보려고 매니저가 나섰겠지만 매니저 역시 촌스럽다는 말 대신 탁월하다고 했을 것이다. 보일 듯 말 듯 빛나는 게 더 세련돼 보인다는 건 나도 안다. 하지만 보이면 다행이지만 보이다 말 수도 있다. 크고 화려해야 어디서든 누구에게든 보이는 법. 어중간하게 보이기 시작하면 끝내 어중간하게 살다 죽을 수밖에 없다.

눈을 내리깐 채 엄지와 검지로 파일을 잡은 여자애의 손놀림이 예사롭지 않았다. 빠르게 움직이는 것 같지도 않은데 순식간에 손톱의 모양을 만들어냈다. 둥글지도 않고 각지지도 않게 아웃라인을 잡는 솜씨가 마음에 들었다. 여자애는 버퍼를 납작하게 기울여 손톱 표면을 다듬는가 싶더니 어느새 젤을 바르고 있다. 톤이 다른 회색 에나멜 세 개를 꺼내 손톱 아래부터 그라데이션해가는 동안 줄곧 입을 다문 채 한 번도 나와 눈을 마주치지 않는다. 아마도 내가 나간 뒤 매니저로부터 듣게 될 잔소리가 지레 불만인 모양이다. 어쩌면 겁을 먹은 건지도 모르고. 분수를 모르고 나대는 것들은 겁이 뭔지 알아야 한다.

네일드라이어에서 손을 빼자마자 매니저가 라커에서 가방을 꺼내 주었다. 신상이라는 걸 알아본 건지 움찔 놀라는 기색이다. 하지만 언제든지 들러서 추가서비스를 받으라는 말로 인사를 할 뿐 신상 명품가방 얘기는 하지 않는다. 커다란 비즈를 눌러 박은 내 손톱의 현란함을 촌스럽다고 여기는 게 분명했다. 나는 낚아채듯 가방을 들고 백화점 1층의 네일살롱을 나온다.

S백화점 VIP 전용 라운지

숙녀복 매장으로 가볼까 하다가 라운지로 향했다. 연간 얼마어치의 물건을 사 가느냐로 레드니 블랙이니 골드니 플래티넘이니 하는 이름으로 고객의 등급을 매기고, 전용 라운지를 제공하는 백화점이 나는 좋다. 골드에서 플래티넘으로 등급이 격상된 후에는 백화점에 더 자주 오게 된다. 함부로 들어갈 수 없는 성역은 그만큼 좁아지고 나는 아무렇지 않게 그 좁은 문을 출입하는 신분이 된 것이다. 그중에서도 최상위 고객은 트리니티 등급으로 분류되어 특별한 대우를 받는다는데 그들은 어떤 사람일지, 정말 있기나 한 건지가 나는 늘 궁금하다.

VIP 전용 라운지에서 커피를 내주는 여직원도 유니폼이 잘 어울렸다. 온종일 꼿꼿이 선 자세로 고객을 응대하는 이 여직원들은 아마도 틈만 나면 고객 몰래 종아리를 주무를 것이다. 그러면서도 늘 똑같은 각도로 입꼬리를 올리고 미소를 지을 것이다. 어떤 치욕을 안겨주든 영혼이라도 갖다 바칠 듯 친절하기만 한 저 절박함. 백화점 네일살롱도 그렇고 라운지도 그렇고, 오늘은 유니폼 입은 여자애들이 자꾸 거슬린다.

며칠 계속되고 있는 더위 때문인지 아까부터 계속 편치가 않다. 내가 유독 더위를 못 참게 된 게 언제부터였을까 생각하다 움찔 진저리를 친다. 가만히 있어도 목덜미부터 끈끈하게 땀이 번지는 이맘때면 순간순간 떠오르는 기억들. 아무리 외면하려 해도 집요하게 달라붙어 뇌수까지 파고드는 장면들. 유니폼에 달린 이름표가 비뚤어졌다며 슬쩍 가슴께에 손을 갖다 대던 중년의 고객들을 향해, 욕을 하는 대신 입꼬리를 더 올리며 웃음을 지어야 했던 날들. 그럴 때는 아무리 더운 날에도 곧잘 소름이 돋았었다.

유니폼을 벗어던지고 퇴근을 하는 순간부터 내일 다시 입어야 할 유니폼에 진저리를 치던 그때, 전국에 프랜차이즈 가맹점을 거느리고 있던 치킨 브랜드의 직영점 알바를 하면서 그곳을 탈출하는 제일 빠른 방법은, 고용주를 동아줄로 삼는 거라는 걸 나는 알았다. 휴학과 복학을 반복해가며 6년째 다니던 대학의 마지막 학기였고 졸업을 하더라도 닭 냄새로 가득한 치킨 매장 계약직을 벗어날 길이 요원하던 나에게 남편은 기꺼이 동아줄이 되어주었다. 대신, 남편의 전처는 동아줄을 놓아야 했다. 하나의 줄에 둘이 매달릴 수는 없는 거였다. 더구나 전국 규모로 가맹점이 생겨나면서 성공한 사업가로 알려지고 있던 남편의 허영에 고졸의 전처는 어울리지 않았다. 남편 역시 공고 졸업이 최종학력이었기에, 혼자 힘으로 학비를 마련해 도시 최고의 국립대학을 다니고 있는 나는 그의 성공 신화에 덧대기 좋은 액세서리였을 것이다.

나는 미간을 좁혀 주름을 만들면서 여직원에게 괜한

짜증을 낸다. 덥다고 실내 온도만 낮추면 되겠냐고, 그렇게 센스가 없으면서 어떻게 VIP 고객 서비스를 맡았냐고 생트집을 잡았다. 탁 소리가 나게 머그잔을 내려놓자 여직원은 재빨리 테이크아웃 컵에 얼음을 채우고 갓 내린 커피를 부어 공손하게 내밀었다. 뭘 잘못했는지는 모르면서도 어떻게 수습해야 하는지는 잘 알고 있었다. 그리고는 옥상정원으로 올라가면 자연 바람이 불고 있어 더위를 식히기 딱 좋을 거라면서 생글생글 웃었다. 나는 책잡을 말을 더 찾아내려 했지만 그 해사한 웃음을 보는 순간 힘이 탁 풀리면서 말문이 막혔다. 여직원의 입가에 걸려 있는 미소가 아니라 목까지 올라와 있는 분노가 보여 더는 건드릴 수가 없었다.

S백화점 옥상정원

아이스 아메리카노가 든 종이컵을 들고 백화점 9층 옥상정원으로 간다. 한 모금씩 마실 때마다 쌉싸름한 뒷맛을 남기는 커피가 시원했다. 저 멀리 고층 아파트가 즐비한 수영강변이 펼쳐져 있고 정교하게 구획된 센텀시티가 한눈에 내려다보였다. 잘 손질된 가로수로 반듯하게 구획이 정리된 도로는 너무 깨끗해 현실감이 없었다. 어디로 눈을 돌려도 영화의 세트장이 아닐까 싶을 정도로 반듯하고 깨끗하기만 했다.

쇼핑이 지루해질 때쯤 딱 필요한 게 뭔지를 이 백화점은 정확하게 알고 있었다. 자연과 인공을 동시에 발 아래로 두면서 내가 서 있는 위치를 가늠하게 해주는 절묘한 높이. 옥외정원을 만들어두고 놀이공원까지 연출해놓은 이 마법의 공간을 상술이라 해야 할까, 배려라 해야 할까?

바람에 머리카락을 날리며 공룡, 해적선, 미니 회전목마를 천천히 둘러본다. 뺨에 와 닿는 바람의 감촉은 감미로웠고 커피 맛은 깊고 진했다. 하지만 공룡 뱃속을 타고 내려오는 미끄럼틀 앞에서 사진을 찍어대는 계집애를 보고 있자니 뭔가 허전한 느낌이 들었다. 중요한 걸 흘리고 온 듯 뒷머리가 서늘해지고 한번 서늘해진 느낌은 계속 뒷머리를 잡아당겼다.

참…. 아이를 데리고 왔었지! 아이 생각을 하자 화부터 난다. 아까부터 괜히 짜증이 나고 께름칙했던 게 아이 때문이었던 모양이다. 나는 크게 한숨을 내쉬고는 커피 한 모금을 삼킨다. 자연바람을 즐기며 커피 한 잔 마실 여유마저 없다니, 이게 다 남편의 혹덩어리 때문이다.

아이의 눈 위에 푸릇하게 들었던 멍이 자꾸 눈 아래로 내려오면서 제법 표가 나기에 유치원에 보내지 않은 게 벌써 사흘째다.

"살이 여려서 그런지 툭하면 멍이 드네."

남편에게는 유치원에서 미끄럼틀을 타다 넘어져 멍이 들었다며 심상한 척 둘러댔다. 계집애가 미끄럼틀을 어떻게 탔기에 얼굴을 다치냐는 말이라도 나올까 걱정했지만 남편은 쯧, 소리를 내며 혀를 한 번 차고는 그걸로 끝이었다. 아무리 여려도 그렇지, 몇 대 쥐어박았다고 그렇게 쉽게 멍이 들어서야…. 그 또래 아이들이 원래 그런 건지 남편의 아이만 그런 건지는 몰라도 나는 약한 것들이 싫다. 제 엄마가 집에서 나가고 내가 들어온 후로 말을 하지 않게 된 아이는 조금만 손을 대도 표가 나서 정말 싫다.

십오 년 연상의 남편은 나와 재혼하면서 당연하다는 듯 딸을 내게 맡겼다.

"좋은 대학 나왔으니까 못 배운 엄마보다 잘 키울 수 있지?"

아이는 전처에게 보낼 거라 생각했던 게 오산이었다

124

는 건 뒤늦게 깨달았다. 그렇지만 아이를 맡을 생각이 없다는 말은 하지 않았다. 전업주부였던 전처에 비해 내가 아이를 똑똑하게 키울 거라고 믿는 남편을 향해 해사하게 웃으며 고개까지 끄덕였다. 그러면서 생각했다. 욕을 퍼붓는 대신 입꼬리를 올리며 웃는 건 이게 마지막일 거라고.

가끔 전처가 아이를 보러 오면 남편은 대놓고 못마땅한 기색을 드러냈다. 내가 보기에 남편과 전처는 꽤 잘 어울렸지만 남편은 어쩌다 저렇게 격 떨어지는 여자를 만나 결혼까지 했는지 모르겠다며 혀를 차기 일쑤였다. 아이가 나풀거리는 걸음으로 제 엄마가 기다리는 로비로 나갈 때마다 짜증을 감추지 않는 남편을 보는 일은 내게도 짜증스러웠다.

반쯤 남은 아이스커피가 든 종이컵을 한 손에 들고 나는 지하주차장으로 내려가는 엘리베이터를 탔다. 엘리베이터 문 위에서 층수를 알려주는 숫자가 한 단위씩 줄어들 때마다 한 층씩 추락하는 것 같아 괜히 미간을 좁혔다. 엘리베이터를 내려 VIP 전용 주차장을 향해 가는 동안 열기가 훅 끼쳐 오자 짜증은 극에 달했다. 걸음을 재게 놀리며 차를 향해 가는 동안 계속 땀이 흐른다. 손톱

관리만 얼른 받고 와야지 하면서 아이를 차에 두고 내렸
는데 그새 꽤 시간이 지나버렸다. 기분전환을 하려고 백
화점에 왔는데 스트레스만 더 쌓이고 말았다.

S백화점 VIP 전용 주차장

차문을 여는 순간, 뒷자리에 모로 누워 있는 아이가
보인다. 문을 열고 나가지 않아 일단은 안심이다. 하긴 어
차피 말도 못 하는 주제에 차 밖으로 나가본들 별 수 없
다는 걸 저도 아는 거겠지만 그래도 온순한 편이라 데리
고 다닐 만은 하다.

아이의 머리 아래 카시트가 땀으로 흥건했다. 컴컴하
던 차 안에 미등이 들어오자 아이는 실눈을 뜨는가 싶더
니 이내 도로 눈을 감고 숨만 몰아쉬었다. 들썩이는 어깨
가 아니라면 죽은 것처럼 보이기도 할 것 같았다. 나는 급
한 마음에 들고 있던 커피를 아이에게 먹였다. 루주 자국
이 선명한 빨대를 입에 물려주자 아이는 눈을 감은 채 꿀
꺽꿀꺽 커피를 마셨다. 아직 다 녹지 않은 얼음 알갱이만
남을 때까지 아이는 빨대를 빨아댄다. 세상에 네 살짜리
가 커피라니…. 커피가 쓴 줄도 모를 만큼 아이의 세상살

이도 고단한 모양이다.

아이의 엄마가 된다는 건 이를 악물고 공부를 하는 것과는 달랐다. 이유도 모른 채 엄마를 잃은 아이는 일체 말을 하지 않았다. 실어증 진단을 받은 아이를 엉겁결에 떠맡은 나는 어떻게 해야 할지 알 수 없었다. 울고불고 강짜를 놓는 것보다 말문을 닫아버리는 것이 저를 에워싼 어른들에게 더 치명적이라는 걸 알 만큼 영악해 보이지는 않았지만 한 번 닫은 아이의 입은 도무지 열리지 않았다. 남편은 어디서 무슨 말을 들었는지 백화점 문화센터 유아프로그램에 가보라고 했다. 나는 안 그래도 그렇게 하려 했다며 아이를 데리고 나섰다. 기대에 찬 표정을 지어 보이며 아이 손을 잡고 백화점으로 향하는 내 등을 토닥이며 남편은 고마워했다. 남편의 손이 닿은 등 언저리에 소름이 돋았다.

아이와 함께 유아프로그램에 참여하는 건 끔찍했다. 공이 가득 담긴 미니풀장 옆에 앉아 점토를 주무르고 판화체험을 하면서 간간이 옆자리 아이 엄마와 웃음을 주고받아야 하는 건 정말이지 못할 짓이었다. 판화체험을 할 때는 조각도로 옆자리 아이 엄마의 이마를 찍어버리고 싶은 충동을 참느라 아프도록 주먹을 쥐어야 했다. 그 뒤부터는 유아프로그램에 일체 가지 않았다. 아이 혼자 보내놓을 프로그램이 있는지 찾아보려다 그것도 귀찮아서 그만두었다.

고작 한 시간 남짓 차 안에 있었을 뿐인데 애가 이 지경이 되어 있다니 덥긴 더운 모양이다. 부드러운 엔진음과 함께 시동이 걸리자 에어컨 바람이 흘러나왔다. 차 안에 찬 기운이 퍼지기 시작하면서 늘어져 있던 아이가 조금씩 기운을 차렸다. 차를 출발시켜 백화점 주차장을 빠져나올 때쯤 뒷자리에 널브러져 있던 아이는 일어나 앉았다. 백미러에 비치는 아이의 조그만 얼굴을 보고 있자니 저절로 미간에 깊은 주름이 생긴다. 말 한 마디 하지 않으면서 늘 내 화를 돋우는 저 고집스러운 혹덩어리를 어떡하면 좋을까?

A아파트 로비

지하에 차를 대고 3층 로비로 들어서자 또 유니폼을 입은 직원들부터 눈에 들어왔다. 어딜 가나 저놈의 유니폼. 땀에 폭 절어 있는 아이의 손을 잡고 엘리베이터 쪽으로 걸어가는 동안 프런트 여직원 하나가 기어이 아이에게 알은체를 했다. 실어증에 걸린 걸 알면서도 볼 때마다 아이에게 말을 붙이는 여직원은, 도열해 있는 12대의 엘리베이터 중 한 대의 열림 버튼을 눌러준다. 나도 모르게 표정이 구겨졌다. 58평, 65평, 75평, 그리고 펜트하우스로 나뉘는 주민들을 다 파악하고 있는 모양이었다. 그중 내가 사는 집이 몇 평이며, 그래서 층별로 운행하는 엘리베이터 중 어떤 걸 타야 하는지도 정확히 알고 있는 것이다. 선택된 소수들만 모일 수 있는 이곳에서 더 특별한 소수가 이용하는 엘리베이터가 따로 있다는 사실에 새삼 현기증을 느끼며 나는 저층용 엘리베이터에 올라탔다.

"가치의 정점에 오르다."

들릴 듯 말 듯 엘리베이터 안을 떠다니는 클래식 음악에 섞여 가끔 이 아파트를 홍보하는 광고 멘트가 들려오기도 했다. 자연스럽게 음악에 섞이는 단 한 문장. 화인이 찍히듯 뇌리에 확 박히는 이 문구를 듣고 나면, 이렇게 거침없이 위를 향해 올라가고 있는 엘리베이터를 타고 '정점'에 올라 남다른 '가치'를 갖게 될 거라는 생각이 들곤 한다. 그러다 느닷없이 엘리베이터가 멈추고 문이 열리는 순간 내가 사는 층보다 더 높은 층을 향해 올라가는 사람들이 도달하는 정점이 어디일까를 상상하기도 한다. 그럴 땐 분명 올라가는 엘리베이터를 타고 있으면서도 끝을 알 수 없는 어딘가로 추락하고 있는 것 같아 문득 당황하게 된다.

A아파트 58평형 현관

전자음을 내며 현관문이 열리자 프린스가 쪼르르 달려 나왔다. 입을 벌려 열심히 짖고 있지만 성대가 제거된 목에서는 아무 소리도 나오지 않는다. 발에 밟힐 듯 엉겨 붙는 프린스도 아랑곳하지 않고 아이는 냉장고에서 우유를 꺼내 마셨다. 컵에 따르지도 않고 식탁 의자를 꺼내 앉지도 않은 채, 냉장고 문까지 열어놓고 벌컥벌컥 우유를 마시고 있다. 나는 다짜고짜 손바닥으로 아이의 뒤통수를 후려쳤다. 그 바람에 아이의 손을 벗어난 우유팩이 퍽 소리를 내며 바닥에 떨어지고 아이는 냉장고 문에 앞이마를 찧는다. 순간 짜증이 확 솟는다. 눈가에 든 멍이 겨우 삭는가 싶었는데 또 이마에 멍이 들면 어떡하나. 나는 얼른 아이의 얼굴부터 살폈다. 좀 벌게지긴 했지만 괜찮아 보였다.

어느새 쪼르르 달려온 프린스는 바닥에 쏟아져 있는

우유를 핥느라 여념이 없고 우유를 밟은 발로 비적비적 아이가 움직일 때마다 바닥에 하얀 자국이 생긴다. 오전 내내 아줌마가 청소를 해놓고 간 집이 어질러지는 건 늘 이렇게 순식간이다. 나는 울먹이는 아이를 노려보며 소리를 빽 지른다.

느닷없이 휙 하는 바람소리가 들리더니 발코니 쪽 창이 흔들린다. 또 빌딩풍인 모양이다. 빌딩에 바람이 부딪쳐 갈라질 때 건물과 건물 사이에서 순간적으로 강하게 몰아치는 회오리. 저놈의 빌딩풍이 불어닥칠 때면 가슴 한 귀퉁이에 쩍 하고 금이 가는 느낌과 함께 섬뜩한 기운이 온몸으로 퍼진다.

기어이 나는 아이의 뒤통수를 한 대 더 내려치고 만다.

A아파트 58평형 욕실

아이는 욕조 속에서 잘박잘박 물소리를 내며 논다. 노란 오리들을 띄워놓고 노는 모습이 즐거워 보였다. 이 애가 원래 오리를 좋아했던가? 잘 모르겠다. 남편이 전처를 내보내고 내게 아이를 맡긴 지 일 년이 지났지만 아이가 뭘 좋아하는지 뭘 싫어하는지 눈여겨본 적은 없었다. 제 엄마와 떨어지던 그날부터 말을 하지 않는다는 것 외에 아이에 대해 아는 게 별로 없는 건 나나 남편이나 마찬가지다. 한창 가맹점이 늘고 있는 사업에 남편은 바빴고 아이를 소아정신과에 데려가는 건 내 몫이었다. 아이가 말을 하거나 말거나 솔직히 상관은 없지만 그래도 꾸준히 아이를 병원에 데리고 다닌다. 그래야 남편에게 할 말을 다 할 수 있으니까.

땀과 우유로 범벅되어 있던 몸을 씻고 욕조에 앉아 물장난을 하고 있는 아이를 보고 있자니 자꾸 불편한 마음이 든다. 사실 처음부터 아이가 미웠던 건 아니다. 미워할 만큼 관심을 갖지도 않았다. 치킨 매장의 딱딱한 테이블에 등을 대고 누운 채 남편을 받아들이던 그때는 사장이던 남자를 남편으로 만들기만 한다면 다른 건 아무래도 상관없었다. 결국 남편은 전처와 이혼을 하고 나와 재혼을 했다. 굳이 그렇게 해야 했었냐고 묻는다면 딱히 할 말은 없다. 그때는 그냥 다른 방법은 없다고 생각했을 뿐이다.

아이를 데리고 남편의 전처가 매장에 오던 날, 직원들은 일을 멈추고 허리 굽혀 인사를 했다. 나도 따라 허리를 굽혔다가 머리를 드는 순간 내 눈앞에는 평범하다 못해 촌스러운 여자 하나가 서 있었다. 저런 볼품없는 아줌마가 성공한 사업가의 아내이자 도시를 대표하는 고급 아파트의 안주인이라는 게 믿어지지 않았다. 나는 억울했다. 온갖 알바를 해가며 힘들게 다니고 있던 대학도 무의미해지고, 틈틈이 입사 지원서를 접수하고 면접 통보가 오기만을 기다리는 시간도 허탈했다. 저렇게 아무것도 아닌 여자가 누리고 있는 모든 것들이 부당하다는 생각밖에 들지 않았다. 더구나 사장과 함께 나가는 여자의 뒤통수에 대고, 고졸이라 사장이 공식적인 부부동반 모임에는 잘 데리고 가지 않는데 오늘은 웬일이냐는 직원들의 수군거림이 들려오자 억울해서 참을 수가 없었다. 지금까지 내가 안간힘을 쓰며 해온 모든 노력들이 쓰레기통에 처박히는 순간이었다.

전처를 집에서 내보내는 데 성공하고 초고층 아파트의 안주인이 되었지만 생각만큼 성취감은 느껴지지 않았다. 점점 머리숱이 줄고 뱃살이 두터워지는 남편과의 일상을 참아내는 것은 짜증이 나다 못해 진이 빠지는 일이었다. 나이 차이가 곧 세대의 차이라는 것도 같이 살면서 알게 되었다. 내가 하는 말을 한 번에 알아듣지 못하는 남편과의 대화는 소통이 아니라 노동이었다. 치킨 매장

알바의 눈에 비치던 성공한 사업가는 온데간데없어져 버리고 볼품없는 중년의 남자와 매일 같은 침대를 쓰는 끔찍함만 남기까지는 채 일 년도 걸리지 않았다. 더구나 전처가 남기고 간 혹덩어리를 달고 살아야 하는 짜증이 나를 한계상황으로 몰아붙일 때면 주체할 수 없이 화가 났다.

오리 장난감을 들고 노는 아이를 보고 있는 동안 갖가지 상념이 멈추지 않는다. 어린 시절, 난전에서 생선을 팔던 엄마가 집으로 돌아와 푸념과 함께 늦은 저녁을 차릴 때까지 방바닥에 엎드려 보던 책의 표지에도 노란 오리들이 있있다. 미움만 받던 오리가 나중에 백조가 되어 날아오르는 그림이 들어 있는 페이지에 뺨을 대고 긴 낮잠을 잤던 기억이 떠오른다. 못난 오리라고 구박했던 다른 오리들이 부러운 눈길로 백조를 쳐다보는 마지막 장을 넘기고 나면, 왕자가 나타나 하얀 말에 공주를 태우고 궁전으로 가는 이야기책을 봤다. 사실 미운 오리가 백조가 되는 일은 없고, 아무리 기다려도 백마를 탄 왕자는 오지 않는다는 것쯤 이미 알고 있었지만 책 속의 그림들이라도 보고 있어야 덜 지루했다.

욕조 턱에 걸터앉은 채 생각에 잠겨 있는 동안 시간이
꽤 흐른 모양이다. 아이는 오리 가족을 물속에 담갔다 끄
집어내며 입술을 오물거렸다. 아무리 실어증이라 해도 하
고 싶은 말이 아예 없지는 않은가 보다. 나는 두 손바닥
을 모아 물을 떠서 아이의 등에 끼얹었다. 아이가 놀이를
멈추고 말간 눈으로 나를 올려다보았다.

아이의 조그만 등이나 허벅지에 손자국이 나도록 후
려치고 나면 괜히 그랬다 싶을 때도 없지는 않다. 퍼렇게
멍이 번져갈 때는 남편이 알까 봐 겁도 난다. 가끔은 안
그래야지 마음을 다잡으며 아이의 머리를 가만히 쓸어볼
때도 있다. 남편이 출근하고 아이와 둘이 커다란 집에 남
겨지면 서울식 억양 대신 남도사투리로 떠들어대는 나를
신기한 듯 쳐다보는 아이. 서울 억양을 흉내내며 사는 삶
이 이렇게 피곤해질 줄은 몰랐다며 아이를 향해 질펀하게
고향 사투리를 쏟아내고 나면 왠지 후련해져 아이의 여린
살에 뺨을 대보기도 했다. 어쩌다 한 번씩은 아이의 체온
이 나와 같다는 게 신기할 때도 있다. 하지만 정말 어쩌다
한 번씩일 뿐이었다.

아이는 내가 원치 않을 때도 같이 있어야 했고, 내가
원하는 걸 나눠 가져야 했다. 남편은 아이에게 드는 돈

을 아까워하지 않았지만 나는 그 돈이 아까웠다. 아이가 자랄수록 돈이 더 들 건 뻔하고 그만큼 내 몫이 줄어드는 게 싫었다. 치료효과도 없는데 주기적으로 소아정신과 상담을 하고 비싼 유치원에 꼬박꼬박 돈을 갖다 바치는 것도 마음에 안 들었다. 그냥 말을 하면 될 텐데 아이는 왜 한 번 다문 입을 열지 않는지, 나는 그 고집이 미워서 참을 수 없어질 때가 많았다.

그러다 어느 날인가부터 나를 올려다보는 아이의 그 말간 눈이 싫어 배를 걷어차거나 머리를 벽에 처박았다. 커갈수록 제 엄마를 닮아가는 그 눈이 내 속을 훤히 들여다보고 있기라도 한 것 같아 화를 주체할 수 없어지면 나도 나를 어쩔 수가 없었다. 그럴 땐 눈앞이 하얗게 표백되면서 뇌 속에 주파수 높은 소음이 가득 찼다.

나는 아이에게서 오리를 확 낚아채 욕실 구석에 던지고는 욕조의 물을 빼버린다. 아이의 머리 위에 수건을 던져주고 욕실을 나오는데 발밑에서 뭔가 물컹 밟히며 뀨억 소리를 낸다. 노란 오리 한 마리가 처참하게 눌린 채 내 발밑에 놓여 있었다.

A아파트 58평형 침실

　남편은 침대에 모로 누워 스마트폰을 들여다보고 있다. 보나마나 또 성공한 사업가랍시고 창업비결을 떠들어대는 유튜브 방송일 것이다. 제작자만 다를 뿐 늘 똑같은 내용을 들여다보는 게 남편은 지겹지도 않은가 보다. 소리나 좀 줄이고 보든지. 나는 킹사이즈 침대 두 개를 붙여놓은 더블킹사이즈 침대의 반 이상을 차지하며 누워 있는 남편이 거슬려 이맛살을 찌푸렸다. 생각 같아서는 방을 따로 쓰자고 하고 싶지만 차마 그 말을 입 밖으로 꺼낼 수는 없다. 오늘은 어떤 영상이야? 숙제라도 하는 마음으로 목소리에 애교를 섞었다. 순간 내 목소리가 낯설어 몸을 움츠렸다. 알바 시절, 일부러 늦게까지 매장에 남아 남편을 기웃거리던 내 모습이 떠오른다. 셔츠 단추 두 개를 풀고 괜히 몸을 숙여 떨어진 볼펜을 줍던 어색함, 볼펜을 주워 주던 남편의 손이 셔츠 자락을 비집고 들어올 때 끼쳐오던 역한 체취. 느닷없이 떠오르는 장면에 나도 모르게 진저리를 쳤다.

　남편은 대꾸가 없다. 폰 속으로 빨려들어 가기라도 할 것처럼 뚫어져라 영상만 들여다보고 있었다. 도대체 뭘 보고 있기에 이러는 걸까? 나는 남편의 어깨너머로 조그만 화면을 쳐다보았다. 딱히 궁금했던 건 아니지만 남편의 태도가 오늘따라 유난하기에 그냥 한번 본 것일 뿐이었다. 그런데 그러지 말았어야 했다.

스마트폰 속에는 어이없게도 남편 전처의 얼굴이 들어 있었다. 독특한 아이템으로 창업에 성공한 사람들을 인터뷰하는 유튜브 채널에 전처가 나온 것이었다. 닮은 사람이겠거니 하고 다시 봤지만 남편의 전처가 분명했다.

"좁은 집과 작은 침대가 행복한 가족을 만든다는 게 제 디자인의 핵심이에요. 집이든 침대든 너무 크면 가족은 멀어지죠. 말하지 않더라도 서로의 감정을 느낄 수 있는 거리. 제가 만든 침대는 가족에 대한 그런 생각을 담고 있습니다."

내가 알던 남편의 전처가 아니었다. 펑퍼짐한 몸매와 화장기 없는 얼굴, 고등학교 졸업이 최종학력인 여자. 하지만 지금 이 여자는 마이크에 대고 또박또박 이야기를 하고 있다. 세상에! 어떻게 된 일일까? 아무것도 아닌 저 여자가 어떻게….

전처는 유튜버의 질문에 조근조근 대답을 해나갔다.

가구 디자이너가 되기로 결심한 계기는 무엇인지, 가족을 주제로 맞춤제작을 해주는 침대 사업의 전망이 어떤지, 학력 핸디캡과 이혼녀라는 편견은 어떻게 극복했는지까지 담담한 어조를 이어가고 있었다. 남편도 나도 말이 없었다. 흡사 예기치 않은 빌딩풍에 세상이 뿌리째 흔들려 버린 양 어리둥절하기만 했다. 도저히 믿을 수가 없었다. 남편 역시 믿지 못하겠다는 듯 같은 영상을 다시 한 번 재생했다. 다시 봐도 마찬가지였다. 남편은 조그맣게 혼 잣말을 했다.

"작은 침대가 가족을 행복하게 한다고?"

남편의 그 한 마디에 나는 기어이 선을 넘고 말았다.

"저 여자가 하는 말을 믿어? 대학도 안 나온 저런 여자가 뭘 안다고?"

나도 모르게 튀어나온 진한 남도 사투리가 칼끝처럼 날카로웠다. 남편은 어이가 없다는 듯 나를 노려보더니 혀를 찼다. 이 사이로 쯧, 소리를 내고는 방을 나가는 남편의 등 뒤에서 쾅하고 문이 닫힌다. 남편이 빠져나간 더블킹사이즈 침대의 비어 있는 공간이 끝없이 넓어졌다.

A아파트 58평형 거실

소파 등받이에 몸을 기대고 머리를 최대한 뒤로 젖혔다. 높은 천정 한쪽에서 돌아가고 있는 실링팬 때문인지 샹들리에 아래로 줄줄이 매달린 유리구슬이 미세한 움직임을 멈추지 않는다. 발코니 쪽으로 머리를 돌리자 유리문을 비추며 들어온 햇살이 금이라도 긋듯 빛의 경계를 만들어놓은 게 보인다. 집 안까지 들어오기 조심스럽다는 듯이 끄트머리에만 햇빛이 머무는 거실. 그 너머로 레지던스 동의 인피니티 풀장이 내려다보이고, 그 아래로는 흰 모래사장과 바다가 어우러진 해운대 해수욕장이 그림처럼 펼쳐져 있다. 세계적인 휴양지가 된 해운대 바닷가는 일 년 내내 축제를 하듯 들떠 있고, 세련된 외양을 자랑하는 호텔과 카페마다 사람으로 넘친다. 그러나 쉴 새 없이 휴양객이 오가는 해안을 내 집 마당처럼 거느리고 있지만 창문을 열지 않는 집 안은 정적만 가득하다.

오늘 아침에는 아이를 유치원에 보낼 수 있었다. 자세히 들여다보지 않으면 모를 정도로 멍이 삭았으니 데리고 있을 이유가 없었다. 유치원에 보내지 않은 사흘 동안 잊고 있다가도 집 어딘가에 아이가 있다는 게 생각나면 괜히 신경질이 나곤 했다. 기껏 시켜준 피자를 깨작깨작 뜯어먹는 꼴도 보기 싫었고, 남편이 아이의 멍을 볼세라 초저녁부터 방으로 몰아넣고 잠이 들었다며 둘러대는 것도 피곤한 일이었다. 다행히 남편은 이번에도 모르는 채 지나갔지만 내게 아이는 늘 시한폭탄이었다. 아직 서른도 안 된 나이에 애 엄마라니. 어떡해야 저 혹덩어리로부터 자유로울 수 있을까? 나는 탁자 한쪽에 놓인 머그잔을 들어 꿀꺽 소리를 내며 커피 한 모금을 마셨다.

커피 잔을 내려놓는 것과 동시에 스마트폰 벨이 울린다. 벨 소리가 유독 날카롭게 귀를 파고들었다. 이유도 없이 찜찜한 기분이 들어 굼뜨게 발신인을 확인했다. 아이가 다니는 유치원의 담임이었다.

"유은이가 또래들하고 놀지는 않고 책상 밑에 자꾸 숨는데…. 혹시 집에서도 자주 그러나요?"

대답할 말을 찾지 못해 우물쭈물하는 사이 담임의 말이 이어졌다.

"오늘은 땀을 삘삘 흘리면서도 책상 밑에서 삼십 분이나 나오지 않아 애를 먹었답니다."

나는 다짜고짜 소리를 질렀다.

"땀을 삘삘 흘렸다구요? 유치원에 에어컨은 안 켜주

나요? 비싼 회비 내고 보내놨더니 온도 조절도 안 하고 뭐하는 거야!"

"그게 아니라…. 혹시 집에서 무슨 일이 있었는지 걱정이 돼서…."

담임은 당황하는 기색이 역력했지만 뭔가 할 말이 있다는 듯 말끝을 이으려 했다.

"뭐라구? 애가 말을 못한다고 유치원에서 생긴 일을 지금 나한테 뒤집어씌우는 거야?"

"아닙니다. 어머니, 절대 그런 건 아니고…."

담임의 말이 끝나기도 전에 나는 통화 종료 버튼을 눌렀다. 손가락에 힘이 너무 들어가서 그런지 버튼이 제대로 터치되지 않아 몇 번이고 다시 눌러야 했다. 담임의 입을 틀어막기라도 하듯 꾹꾹 눌러대는 사이 전화는 끊겼지만 나는 분을 삭이지 못해 기어이 스마트폰을 바닥에 내동댕이치고 말았다.

A아파트단지 입구

셔틀버스에서 내리는 아이는 오늘따라 유난히 더 작아 보인다. 하차 지도를 하는 선생은, 담임과 나의 실랑이를 아는지 모르는지 여느 때처럼 허리를 숙여 내게 인사를 했다. 아이의 손을 잡고 천천히 버스에서 내리게 한 뒤 나에게 인계하는 동작도 여느 날과 다르지 않았다.

담임의 전화를 끊고 나서 정확히 30분 후에 유치원 원장의 전화를 받았다. 담임이 물정을 몰라 무례를 저질렀다며 용서해달라는 말을 반복했다. 발달심리학 전공 부원장이 상주하고 있다는 유치원에 맡기는 대가로 매달 지불하는 돈을 생각하면 원장은 전화가 아니라 무릎을 꿇어야 했다. 하긴 전화기에 매달려 용서해달라고 애원하면서 원장은 어쩌면 무릎을 꿇은 채 통화를 했을지도 모른다.

저를 내려놓고 떠나는 유치원 셔틀버스를 아이는 자꾸 돌아봤다. 내가 아이의 한 손을 잡아끌며 채근해 아파트 단지로 들어서는 동안 멀어져가는 버스를 뒤돌아보느라 몇 번이고 넘어질 듯 걸음이 흐트러졌다. 주위에는 유치원 셔틀버스뿐 아니라 학원 차들이 늘어서서 초등학생들을 부려놓고 있었고, 아이를 데리러 나온 아파트 주민들이 여기저기서 알은체를 하고 있었다. 나는 아이를 잡은 손에 힘을 주며 귀에 대고 말했다.

"똑바로 안 걸으면 아무도 모르게 죽여버릴 거야."

우리를 스쳐가던 사람들의 눈에는 아이스크림 사줄
까 하고 속삭이기라도 하는 것처럼 보였을 것이다. 언
젠가부터 나는 반달눈을 하고 웃으면서 욕을 하는 일이
화를 내며 욕을 하는 것보다 자연스러워졌다. 아이는 뒤
를 돌아보는 대신 고개를 푹 숙이고 제 발등만 보면서
걸었다.

A아파트 58평형 거실

전자음을 내며 등 뒤에서 현관문이 닫히는 순간 나는
아이의 뺨부터 후려쳤다. 말도 못 하는 병신새끼가 왜 말
썽이냐고. 네 엄마란 년은 배우지도 못한 주제에 왜 방송
까지 하면서 나대는 거냐고. 뭐? 침대가 좁을수록 행복해
진다고? 더블킹사이즈가 뭔지도 모르는 것들이 어디서
함부로 지껄이고 있냔 말이야! 사투리와 욕으로 범벅된
말들이 나도 모르게 내 입에서 튀어나와 온 집안을 헤집
고 다녔다.

뺨을 맞은 아이는 얼굴이 홱 돌아가더니 신발장에 가
서 쿵 소리를 내며 처박혔다. 머리카락을 움켜잡고 거
실 가운데로 끌고 오는 내내 아이는 발을 버둥거리며 꺽

꺽 소리를 냈다. 질질 끌려오던 아이를 내팽개치자 바닥에 얼굴을 쩧었다. 앞니가 바닥과 부딪쳤는지 터진 입술을 타고 바로 피가 번졌다. 그 바람에 벽 장식과 톤을 맞춰놓은 아이보리색 양털 러그에 금세 빨간 얼룩이 져버렸다. 저게 얼마짜린데. 정말 꼭지가 돌아버리겠다.

아이는 눈을 꼭 감고 이를 앙다물었다. 빌고 매달리는 대신 견딜 준비를 하는 거였다. 순간 뒷목을 타고 찌르르 쥐가 났다. 어린 게 벌써부터 견디려들다니···. 침대에서 이를 앙다물고 남편의 거친 숨결을 견뎌내던 내 모습도 지금 이 아이 같았을까? 더는 나도 어쩔 수 없어지는 순간이 또 오고 말았다. 표백제가 스며들듯 정수리부터 하얗게 비워지며 주파수 높은 소음이 머릿속을 채웠다.

창밖으로부터 흘러들어 오는 네온사인이 거실 끝을 비추고 있었다. 밤이 된 모양이다. 불을 켜지 않은 집 안은 정적만 흐르고 있어 시간을 가늠하기가 힘들었다. 나는 바닥에 누운 채 눈을 깜박이다가 오싹 한기를 느낀다. 감히 들어서지 못하고 쭈뼛거리듯 유리문 앞을 서성이는 네온빛을 보고 있는 동안 서서히 정신이 들었다. 그러다 한순간 심장이 쿵 소리를 내며 내려앉았다. 일어나 불을 켜자 여기저기 어질러진 집 안이 눈에 들어왔다. 그리고 소파 아래 펼쳐진 아이보리색 러그 위에 선명하게 물든 붉은 얼룩.

아파트를 휘감았다가 빠져나가는 빌딩풍 한 줄기가 획 하고 지나갔다. 나는 한 걸음 한 걸음 위태롭게 발을 움직이며 아이 방으로 다가갔다. 조심스럽게 문을 열자 이불을 얼굴까지 덮고 있는 아이의 형체가 보였다. 나는 천천히 아이의 침대로 걸음을 옮기면서 심호흡을 했다. 그 몇 걸음을 걷는 시간이 영원처럼 느껴졌다.

손을 덜덜 떨며 이불을 들추었다. 다음 순간 나도 모르게 내 입을 틀어막으며 눈을 질끈 감아버렸다. 가빠진 호흡을 가다듬고 조심스럽게 눈을 떴다. 붉게 물든 침대 시트가 먼저 눈에 들어오고 그 위에 피범벅이 된 채 누워 있는 아이가 보였다. 침대 아래로 늘어져 있는 팔은 이상한 각도로 휘어져 있어 차마 정면으로 볼 수가 없었다. 나는 아까보다 더 심하게 손을 떨면서 아이의 이마를 만져보았다. 손바닥을 타고 싸늘한 감촉이 전해졌다.

A아파트 58평형 발코니

　나는 발코니 유리문에 붙어 서서 하염없이 아래를 내려다보고 있다. 조명을 두른 채 바다를 가로지르는 광안대교가 시커먼 어둠을 배경으로 망망하게 떠 있다. 발밑으로는 어둠에 잠긴 바다가 놓여 있고 검은 바다 가장자리로 쉴 새 없이 파도가 밀려오고 있었다. 밀려오는 파도는 층층이 레이스를 단 웨딩드레스를 연상시킨다. 화려하게 일어나 물을 밀어낸 파도는 이내 흔적도 없이 사라지고, 사라진 흔적을 지우며 또다시 밀려오기를 반복했다. 볼을 타고 눈물 한 방울이 흘러내린다. 소리를 내며 울고 싶지만 참아야 할 것 같았다. 원하는 것을 얻기 위해 나는 늘 참아야 했으니까.

　밤이 늦도록 엄마가 돌아오지 않는 집에서 혼자 엎드려 책을 읽던 시절, 학교에 가면 나는 짝이 없어 늘 혼자 앉아 있었다. 소아빈혈이 있던 내가 쓰러졌다는 말에 엄마가 학교로 달려와 나를 둘러업고 병원으로 간 이후부터였다. 난전에서 생선을 팔던 차림 그대로 뛰어와 나를 데리고 나가는 사이 교실 가득 비린내가 퍼졌고, 그다음부터 학교 아이들은 내가 보일 때마다 한 손으로 코를 붙잡으며 냄새난다는 시늉을 했다. 초등학교를 졸업할 때까지 놀림은 멈추지 않았다. 나는 짝이 없어도 괜찮다는 걸 보여주기 위해 늘 공부를 했다. 놀림을 참아내는 방법으로 나쁘지는 않았다.

초등학교 이후에도 나는 친구를 만들기보다 공부를 택했다. 난방이 되지 않는 반지하 방에 고드름처럼 앉아 추위를 견디며 수학 문제를 풀다보면 이대로 얼어서 미라가 되어버리는 건 아닐까 싶을 때가 많았다. 그럴 때마다 이렇게 고비를 참고 넘기는 만큼 인생이 나아질 거라 생각했다. 유일한 혈육이던 엄마는 공부 열심히 하라는 말 외에 다른 말을 하는 일이 없었고, 그래서 나는 공부 외에 다른 방법을 알지 못했다. 하지만 공부를 잘한다 해서 인생이 달라지지는 않았다. 도시 최고의 국립대학을 들어갔지만 장학금만으로 대학을 다니려 했던 게 얼마나 무모한가를 깨닫는 데에는 한 학기면 충분했다. 평일 알바와 주말 알바 사이, 과로와 고독 사이, 휴학과 복학 사이를 오가는 동안 내가 갖지 못한 것들을 참아내며 사는 게 지긋지긋해 영혼을 사줄 악마를 기다렸다.

그러다 남편이라는 동아줄을 발견하면서 더 이상 참지 않고 살 수 있는 길을 찾아낸 것 같았다. 여전히 참아야 할 게 있겠지만 사소한 것에 불과할 거라고 생각했다. 담배에 쩐 남편의 입 냄새와 셔츠단추 사이로 비어져 나오는 뱃살, 그리고 유행어를 알아듣지 못하는 세대 차이만 견디면 다 될 줄 알았다. 그런데 말을 하지 않는 것으로 나를 밀어내는 전처의 아이를 인내해야 한다는 건 알지 못했다. 입을 꽉 닫은 채 나의 손찌검을 견디고 있는 아이를 보면 내가 더 견딜 수 없어져버린다는 걸 알았어야 했다. 내 영혼을 산 악마와 나는 최악의 거래를 했던 것이다.

또 한 방울의 눈물이 떨어진다. 나는 손을 들어 턱을 타고 내리는 눈물을 닦았다. 한번 눈물을 닦아내자 걷잡을 수 없는 울음이 터져 나왔다. 나는 발코니 유리문에 붙어 서서 두 손바닥으로 얼굴을 가리고 울었다. 도대체 어쩌다 여기까지 와버린 걸까? 이제 나는 어떻게 되는 걸까? 울어도 울어도 눈물이 멈추지 않았다.

한참을 울다 보니 뭔가 바닥에 떨어진다. 손톱에 붙어 있던 네일비즈였다. 보석의 이름으로 불리고 있지만 플라스틱 조각에 지나지 않는 루비. 바닥에 떨어진 빨간 플라스틱 조각을 보는 순간, 무너지듯 발코니 바닥에 주저앉아버린다.

내려다보이는 까마득한 저 아래로 웨딩드레스 자락처럼 화려하게 일어난 파도가 흔적 없이 사라지고 있었다.

작가노트

전염병이 창궐하면서 민심이 흉흉해졌다. 매일 갱신되는 감염
자 숫자가 전사자 명단처럼 게시되고, 왁자지껄 모여서 밤이
늦도록 시간을 보내는 일이 금지되었다. 명절이 되어도 함부로
찾아가 안부를 물을 수 없었으며 인원을 초과해 과세문안을
하러가는 이웃은 고발되어야 했다.

집집마다 문을 걸어 잠그고 들어앉아 듣게 되는 이야기는 들끓
는 민심에 기름을 부었다. 편법을 동원해 계층을 지켜내는 고
위공직자에 대한 뉴스, 월급을 차곡차곡 모아가며 검소하게
살면 '벼락거지'가 된다는 소문, 과로로 죽어가는 택배노동자
소식. 물가는 치솟고 부(富)는 편재되면서 집값은 집의 값이 아
니라 계층을 지켜내는 마지막 차표가 되었다.

그러는 사이 사회적 거리두기는 가족 간의 거리를 왜곡했다.
사회에서 조절되지 못한 분노는 가족 중 가장 약한 존재에게
로 향했다. 틀어박히는 게 미덕이 된 집 안에서는 일어나서는
안 될 일들이 일어나고 있었다. 아무도 모르게.

끝나지 않은 약속

장미영

산등성이 뒤로 금융단지 불빛들이 아스라이 깜박이고 있다. 해가 떨어진 마을은 깊은 어둠에 싸였다. 발을 디디는 곳마다 작은 둥성이다. 무연고 묘들이 경계도 없이 이리저리 솟아 있다. 나는 무덤을 피하면서 마을 안쪽으로 들어간다. 어둠 탓에 벽화는 그림자 얼룩으로 어룽댄다. 벽을 따라 코너를 돌면 어린 시절 수진이 살던 집이다.

돌산마을은 국제금융센터 아래 전포동과 경계인 황령산 자락, 하늘 아래 산꼭대기 1번지를 이룬다. 지붕 낮은 마을, 산만디, 벽화마을, 묘지마을. 붙여진 이름도 많다. 전쟁 피란민들이 판잣집을 짓고 살던 달동네였다. 마을은 아래, 위, 둘로 나뉜다. 아랫동네와 윗동네는 마을

버스로 고작 세 정류장이지만 사는 형편은 확연히 달랐
다. 아랫동네는 윗동네 주민들의 바라는 실상, 일종의 청
사진 같은 거였다. 윗동네 아이들 대부분이 그렇듯 수진
도 나도 아랫동네에 내려가는 것이 꿈이던 시절이 있었
다. 옴팡한 골목길을 좋아하면서도, 동네가 모두 한집
같아 집 좁은 줄 모르고 살았으면서도, 우리는 그냥 벽
화골목을 떠나는 것을 꿈으로 삼았다. 부모들의 꿈이 내
려앉은 탓이었다. 나는 초등학교 졸업 무렵 아랫동네로
갔고 수진은 중학교 졸업 무렵 내려왔다.

　수진이 악성 뇌종양으로 급작스럽게 떠난 지 벌써 여
섯 해째다. 그저 시간이 쌓여 세월이 되었을 뿐 세월만큼
여물어진 것도 없다. 가끔 내 삶이 불안하다고 느껴질 때
가 있어. 내가 그런대로 잘 살고 있는 걸까? 그런 생각이
들 때면 문득 여기 와서 확인하고 싶어져. 수진의 말 때
문이었을까, 언젠가부터 돌산에 이끌리듯 오게 된다. 수
진이가 그렇게 허망하게 가지만 않았어도 지금과는 다
르게 살았을 것이고, 지금처럼 자주 돌산마을에 오지는
않았을 것이다.

　수진의 집 담벼락을 손으로 훑으며 지나간다. 우리들
의 시간이 시작된 기억의 첫 문에서 수진을 기다린다. 갈

래머리 수진이 양팔 벌려 내게 달려온다.

얼마나 서 있었을까, 미세한 통증이 느껴졌다. 나는
골바람을 맞으며 돌산마을을 빠져나왔다.

"아빠, 낮에 어떤 아줌마가 우리 집 앞에 한참 서 있
다가 가던데?"

채영이가 식탁 의자에 앉으며 말했다.

"이 할미는 못 봤대도. 하루 종일 그 얘기다."

"어떻게 생겼는데?"

"배가 둥근 달처럼 불룩했어. 배 속에 아기가 있는 것
같았어."

"그래? 임신부였나 보네. 누굴 찾아온 모양이구나. 밥
이나 먹자."

"계속 우리 집 이쪽저쪽을 기웃거렸단 말이야."

채영이가 입을 삐죽거리며 투덜댔다. 입맛이 없는 건
지, 아니면 가족들이 자신의 말에 무관심한 것에 화가 난
건지 들고 있던 숟가락을 식탁에 내려놓는다.

"우리 집에 볼일이 있으면 내일 다시 오겠지. 할머니
가 채영이 좋아하는 계란찜 해놓으셨네. 얼른 먹어."

나는 채영이를 다독였다. 채영이가 집 앞에서 만난 임

신부에게 왜 저렇게까지 관심을 갖는지 모를 일이었다. 어린이집에서 또래 친구 엄마들을 자주 보고 난 후부터 예민해진 걸까? 외할머니 집에 다녀오는 날은 내 눈치를 살폈다. 뭔가 물어보려고 망설이다, 그만두기 일쑤였다. 모르긴 몰라도 외할머니로부터 수진에 대한 이야기를 듣고 왔을 것이다. 외할머니의 푸념을 듣고 채영이 나름 엄마의 이미지를 만들었을 수도 있다. 나는 수진에 관해 말해준 적이 한 번도 없다. 채영이가 태어난 지 한 달도 안 돼서 수진이 세상을 떠난 까닭에 본 적도 없고, 기억에도 없는 엄마에 대해 특별히 날을 잡아서 말하기란 쉽지 않았다. 여섯 살이면 예민한 나이이기도 했다.

고단한 어머니는 일찌감치 잠자리에 든 모양이었다. 설거지를 끝내고 앞치마와 머리두건을 어린이집 가방에 챙겨 넣었다. 한 달에 한 번 요리 활동 수업이 있는 날이었다. 도시락 통을 가방에 넣으려는데 거실에서 채영이 목소리가 들렸다. 목소리가 들떠 있다. 까르르 웃는 소리가 점점 커졌다. 처음 들었을 때는 어린이집에서 하던 역할극을 하는 줄 알았다. 그런데 진짜 누군가와 대화를 나누고 있는 것 같았다.

나는 거실로 나갔다. 채영이가 탁자 앞에 앉아 스케

치북에 크레파스로 그림을 그리고 있었다. 아니나 다를까 그림을 그리면서도 계속 누군가에게 질문을 하고 있었다.

"아줌마, 왜 좀 전에 그냥 가셨어요?"

자기가 원하는 대답을 들은 건지 채영이가 고개를 끄덕였다.

"우리 딸, 그림 그리는구나. 근데 누구랑 이야기 하는 거야?"

"아빠, 인사해. 아줌마, 우리 아빠예요."

"아줌마?"

채영이가 어떤 상황에서 하는 말인지 파악이 되지 않았다.

"아줌마, 내 그림 어때요?"

내 말에 대꾸도 없다. 채영이가 옆으로 고개를 돌렸다.

"그렇게 말할 줄 알았어요. 그림도 잘 그리고 색칠도 잘해서 선생님한테 칭찬을 받거든요."

채영이 볼에 보조개가 생겼다. 나는 채영이 그림을 내려다보았다. 나와 할머니, 여자의 모습이었다. 채영이 말처럼 여자의 배가 보름달처럼 둥글었다.

"어, 아줌마 가는 거예요?"

채영이가 아줌마를 뒤따라가려는지 자리에서 벌떡 일어났다.

"아빠가 있으니까 아줌마가 빨리 갔잖아."

채영이가 금방 울상이 돼버린다.

"채영아, 괜찮아?"

어깨를 두드리는 손에 땀이 뱄다.

"뭐가?"

울상이 된 좀 전과는 다른 반응이다. 괜찮아, 하고 묻는 것이 무안할 정도로 채영이는 덤덤하게 대답했다. 채영이가 내 손을 뿌리치며 스케치북과 크레파스를 들고 일어섰다. 성큼성큼 발소리를 내며 자기 방으로 들어갔다. 나는 괜찮지가 않았다.

바쁜 스케줄 탓에 나는 어린이집 상담이나 행사가 있을 때만 간혹 참석했다. 아빠가 참석하는 게 새삼스러운 일도 아니었지만 엄마들이 필요 이상의 관심을 보였다. 채영이는 아빠가 어린이집 행사에 오는 걸 불편해했다. 그런데도 눈치가 있어 티를 잘 내진 않았다. 우리 엄마는 안 오냐고 묻지도 않았다. 더 말수가 적어지고 또래와 잘 어울리지 못하는 듯했다.

어린이집 담임과 상담을 한 날이었다.

"자기가 좋아하는 음식만 먹네요. 단체놀이나 역할놀이에도 참여하는 걸 싫어해요. 율동이나 노래도 잘 따라하지 않으려고 합니다."

담임은 채영이의 소심한 성격을 걱정했다.

"특별히 더 좋아하거나 덜 좋아하는 게 있는 거겠죠."

나는 에둘러 말했다. 할머니 손에서 자라다 보니 또래 아이들끼리 같이 놀 기회가 없었다. 그래서인지 아이들 사이에서 유행하던 장난감이나 옷에도 관심이 없었다. 언젠가 만화영화를 보았다. 공주가 입은 원피스를 하나 사 주려고 백화점에 갔더니 옷이 복잡해서 싫다고 했다. 채영이 말도 일리가 있다. 그건 취향의 문제였다. 그러면서도 담임의 이야기를 듣고 보니 채영이의 소극성이 엄마의 부재로 인해 경험해봐야 하는 것들을 해보지 못한 탓인 것 같아 마음이 무거웠다.

날씨를 핸드폰으로 확인한 뒤 채영이 가방을 거실 한쪽에 세워두었다. 채영이의 방문을 열어 보았다. 채영이가 스케치북을 품에 꼭 안고 잠들어 있었다. 배가 불룩한 여자가 누구인지 궁금하긴 했다.

일찍 사무실에 출근했다가 거래처 몇 군데를 돌고 집으로 왔다. 두 해 전 친구 녀석과 사무실을 차렸다. 약품

도매업이다. 병원이나 약국을 찾아다니며 납품을 하는 일이 주 업무였다. 이제 겨우 자리를 잡았다.

채영이는 종일반을 마치고 집에 오면 혼자 TV를 보고 있을 때가 많다. 할머니는 잠만 자고 잘 놀아주지 않는다고 했다. 어머니가 교당에서 불교 공부를 하느라 가끔 집을 비울 때도 채영이는 같은 말을 했다.

채영이가 보이지 않았다. 안방 문을 여니 어머니는 코까지 골면서 주무시고 계셨다. 깜박하고 채영이 데려오는 걸 잊어버리셨나, 어머니를 조심스럽게 깨웠다. 잠깐 조는 사이에 나간 모양이라며 같은 반 친구 집에 전화를 했다. 그러고는 이웃집에라도 가보려는지 벌써 신발을 신고 있었다. 나는 급하게 뒤따라 나갔다. 어린이집 주변 놀이터에도 가보고 학교 운동장도, 자주 가던 마트도 다 뒤졌지만 없었다. 오늘 같은 일은 처음이다. 골목 주변을 서성댔다. 경찰서에 신고를 해야 하나 망설이고 있을 즈음 골목 어귀에서 노래 소리가 들렸다.

"오채영! 어디 갔다 오는 거야?"

나도 모르게 소리가 높아졌다.

"생태숲에. 아, 맞다. 돌산마을에도 갔다 왔어."

채영이는 아줌마가 좋은 곳에 같이 가자고 해서 따라

갔다고 했다. 아줌마랑 떡볶이도 먹고 왔다며 신이 나서 말했다.

"모르는 사람을 따라나서면 어떡해? 아빠가 걱정할 거라는 생각 안 했어? 아빠한테 전화했어야지."

"모르는 사람 아니야, 아줌마야. 어제 집에도 왔잖아. 아빠도 인사했으면서… 근데 아줌마 배 속에 있는 아기 이름도 채영이라고 했어."

"뭐?"

채영이가 꾸며낸 이야기라고 하기에는 상황 설명이 너무 구체적이었다. 채영이가 느닷없이 양쪽 엄지손가락을 치켜세웠다. 아줌마랑 먹은 떡볶이가 우주 최강이라는 뜻이라고 했다. 그 말에 웃고 말았다. 거짓말이든, 아니든 간에 채영이가 너무 신나하는 모습을 보고 더 이상 잔소리를 할 수 없었다. 손을 잡고 집으로 오는 내내 채영이는 아줌마하고 있었던 일을 이야기했다. 심지어 개, 고양이가 지나간 것조차 상세하게 말해주었다.

채영이 말을 무턱대고 무시할 수만도 없는 일이었다. 전과는 다른 행동을 하는 채영이다. 채영이가 왜 그러는 건지, 심리상담 센터라도 가봐야 하나, 갑자기 가슴이 쿵 내려앉았다.

아침부터 등원 준비로 바빴다. 채영이 외할머니로부터 전화가 왔다. 채영이가 보고 싶다고 했다. 병원에 갔다가 어린이집에 데려다줄 생각이었다. 어린이집을 하루 쉬는 것도 나쁘지 않았다. 병원보다 외할머니 집에 가는 게 더 좋을 수도 있다. 외가에 갈 때마다 어머니는 애 앞에서 죽은 엄마 이야기할 게 뻔한데 뭣 하러 자꾸 보내냐고 언성을 높였다.

어머니는 처음부터 수진을 마뜩잖아 했다. 수진의 어머니가 아랫동네로 이사를 오면서 사이가 더 나빠졌다. 무엇보다 수진의 어머니가 나를 싫어했기 때문이었다. 수진은 능력 있고 똑똑했다. 보잘것없고, 내세울 것 없는, 나 같은 놈이 수진의 남자 친구라는 사실을 수진의 어머니는 받아들이지 않았다. 밤낮없이 식당 주방에서 일한 덕에 겨우 판자촌을 벗어나 아랫동네로 왔더니, 결국 돌산마을 놈과 만난다며 꼴도 보기 싫어했다. 그런데다 결혼 약속까지 했으니, 수진의 어머니가 거품 무는 것도 당연했다. 세상 어느 부모가 평강공주와 바보온달 급의 결혼을 환영할 수 있겠는가. 수진 어머니의 희망이던 수진이 별 볼일 없는 놈 만나 수진의 인생마저 별 볼일

없게 돼버릴까 봐 불안했을 것이다. 어머니는 어머니대로 식당 주방에서 설거지나 하는 주제에 남의 아들이 마음에 드니, 안 드니 한다며 맞섰다. 내 아들, 저만하면 됐지, 어디 가서도 꿀리지 않는다. 판검사 좋아하시네. 눈만 높아가지고, 사람이 지 분수를 알아야지. 같은 동네 사는 사람끼리 저라믄 안 된다. 도박에 빠진 아버지 앞에 이혼서류를 내밀 만큼 어머니는 당찼다. 내가 봐도 수진의 어머니 쪽이 더 억울하긴 했다. 수진의 어머니 입장이 이해가 됐다.

　납품전표를 처리하고 있는데 친구 녀석에게 연락이 왔다. 수진이 간 뒤로 친구관계도 저절로 정리가 됐다. 그나마 녀석과는 서로 안부를 묻기도 하고 계속 연락을 했다. 부랴부랴 시동을 걸었다. 창문 틈으로 텁텁한 바람이 들어왔다. 녀석과 같이 저녁을 먹었다. 예전에 도축장과 가축 시장이 있어 돼지국밥과 곱창으로 유명한 골목이었다. 이 집만 해도 50년 넘게 대를 이어온 돼지국밥집이다. 타지에서도 검색해 찾아올 정도였다. 허름하긴 해도 질기지 않고 쫄깃한 곱창 맛에 수진이와 자주 오던 곳이다. 나는 채영이에 대한 고민을 털어놓았다.

　"채영이 때문에 걱정이다."

"이맘때 애들 다 그렇지 않냐? 미운 네 살, 미운 여섯 살이라는 말도 있잖아."

"미운 여섯 살이면 다행이게, 며칠 전 말도 없이 사라졌었어."

"채영이가? 어디 보물이라도 찾으러 갔었나?"

친구 말에 농담할 기분이 아니었다.

"왜 황금백합 작전이라고 너도 알지? 제7부두 지하 어뢰공장에 보물이 숨겨져 있다는 우리 동네 전설 말이야. 우리 어렸을 때도 보물 찾으러 간다고 집 나간 녀석들 많았잖아. 채영이가 워낙 모험심이 강해서 보물찾기 놀이라도 하는 줄 알았지. 그건 그렇고 어디 갔다 왔대?"

"돌산마을."

"벽화마을로 유명했던 거기? 사람도 살지 않을 텐데, 왜 거길 갔을까, 혼자서?"

친구는 고개를 갸우뚱했다.

"요즘 애가 자꾸 이상한 말을 해. 채영이가 하는 말을 믿어야 할지, 말아야 할지 모르겠다고. 거짓말하는 것 같지는 않은데…."

"예를 들면?"

"상상 속의 아줌마인지, 한 번도 본 적이 없는 아줌

166

마를 만났다고 해. 나에게 소개도 시켜주던데. 어린이집 엄마들을 자주 본 이후부터인 것 같아. 자기가 친구들과 다르다는 걸 알게 된 듯해. 자기 환경에 대한 객관화랄지, 혹시 말이야, 엄마 생각에 헛것을 보는 걸까? 하하, 내가 미친놈이지, 말을 해놓고도 너무 나갔나 싶군."

"니가 더 문제야. 그냥 혼잣말이겠지. 우리 애도 가끔 알아듣지도 못하는 말을 혼자 중얼거린다고. 꼭 옆에 누구랑 이야기하는 것 같더라니까."

"그래, 인형 놀이 같은 거겠지?"

"걱정을 만들어서 하는 것도 일종의 과잉보호야. 그냥 평범하게 생각해."

친구 말을 들으니 괜히 사서 고민하는 것 같았다. 녀석과 술 한잔하면서 이야기를 더 나누고 싶었다. 그러나 채영이를 데리러 가야 했다. 아, 금쪽같은 공주님! 그럼 가보셔야죠. 과잉보호니, 유난스럽다느니 그런 말을 하긴 해도 내 처지를 잘 이해해주는 녀석이다.

장모와 채영이가 길가에 나와 있었다. 채영이는 차에 타자마자 웬일로 외할머니가 해준 반찬 이야기를 했다.

"내가 잘 먹어서 좋다고 하셨어, 근데 내가 먹은 반찬 모두 엄마도 좋아하는 거라고 해서 깜짝 놀랐어."

"그랬구나. 그리고?"

"그리고? 아, 맞다. 엄마 사진도 봤어. 긴 머리에 안경을 썼는데 웃는 게 예뻤어."

채영이는 외할머니한테 엄마 어렸을 때와 대학 다닐 때 이야기도 들었다고 했다.

"우리 엄마, 공부도 잘하고 성격도 좋고, 얼굴도 예뻤대. 나도 엄마처럼 멋진 어른이 될 거래."

오늘따라 말이 많다. 채영이 입이 헤벌쭉하다.

동아리방에서 수진을 봤을 때, 너무 달라진 외모에 놀랍기도 했고 반갑기도 했다. 수진의 키가 저렇게 컸었나 싶게 키가 컸고, 볼우물이 더 뚜렷해져 있었다. 수진은 아무렇게나 묶은 긴 머리에 빈티지 티셔츠와 청바지를 입고 있었다. 나는 아나운서 같은 반듯한 옷차림을 상상했었다. 되레 수진의 지금 모습이 이상하게 더 멋있어 보였다.

동아리방에서는 수진에 관한 이야기가 끊이지 않았다. "무슨 애가 공부를 피 터지게 하는지 몰라. 대충이 없다니까." "피만 터지면 다행이다. 완전 신들린 것처럼 하던데. 좀 징그럽다." "원래 가난한 애들이 무섭잖아. 물불 안 가리거든." 수진을 따라다니는 뒷담화는 늘 그런 종류였다. 반은 맞고 반은 틀린 말이었다. 내게는 수진에 대해 잘 알지 못하면서 떠들어대는 헛소리였다. 나는 수진을 쫓아다녔다. 내가 졸업 후 빌빌거리며 알바로 인생을 허비하고 있을 무렵, 수진은 나보다 먼저 취직을 했다.

나는 수진이 다니는 제약회사에 입사했다. 회사만 같을 뿐 직급이나 업무 레벨은 달랐다. 수진은 신약을 개발하는 과정에서 인허가를 받는 업무를 담당했다. 나는 영업 인턴이었다. 의료 종사자들을 방문해서 제품 정보를 제공하거나 수집하는 일이 내 일이었다. 열등감이며 주눅 들 시간조차 없었다. 업무도 업무지만 영업 교육에 어학 공부까지 해야 했다. 수진은 웃는 모습이며 옷 코디까지 코치를 해주었다. 나처럼 운 좋은 녀석이 또 있을까 싶었다.

집 앞에 도착하자 어머니가 나와 있었다.

"밤공기가 찬데 왜 나와 계세요?"

"금쪽같은 내 새끼 기다리고 있었지."

어머니가 채영이를 품에 안았다. 채영이가 숨이 막힌다며 바둥거렸다. 어머니가 채영이를 풀어주자 채영이가 주머니에서 뭔가를 꺼냈다.

"자, 이거 받아. 아줌마가 아빠한테 꼭 주라고 했어."

"아직도 아줌마 타령이야?"

어머니의 목소리가 퉁명스럽다. 채영이가 건넨 건 손수건이었다.

"이걸, 언제 받았어?"

"외할머니 집 앞에서. 슈퍼에 갔다 왔는데 나 올 때까지 이거 주려고 기다리고 있었대. 어긋났으면 어쩔 뻔했을까?"

채영이 말투가 여자가 한 말투 같다. 손수건에는 '스스로를 태우다'라는 글귀와 꽃 그림이 수놓아져 있었다.

"아빠 이 글자 뭐야?"

채영이가 가리킨 것은 S, J라는 이니셜이었다. 나는 손수건을 한참 쳐다보았다. 수술 전까지 수진이가 손에서 놓지 않았던 손수건이었다. 손수건이 아직도 남아 있을 줄 몰랐다. 느닷없음과 놀라움이 같은 무게로 덮쳐 왔다. 멍하니 서 있는 내게 채영이가 아빠 괜찮아? 하고 물었다. 그제야 기억의 거푸집에서 빠져나온다.

채영이를 재운 뒤 방으로 들어왔다. 침대 밑에 딸린 서랍을 열었다. 속옷과 양말 사이 수진에게서 받은 손수건 하나가 포개져 있었다. S, J와 한 짝인 J, S 이니셜이 박혀 있다. 장수진과 오진수. 하얀 리넨 천에 자수로 새긴 거였다. 공부만 하던 수진이, 불필요한 일에 시간을 쓰지 않던 수진이, 시간이 많이 드는 바느질을 했다는 게 믿기지 않았다. 나와 수진의 사이가 특별하다는 걸 말해주는 것 같았다. 한 번도 손수건을 써보지 못한 채 서랍 안에 넣어두었다.

"또, 여기야?"

수진이 나를 이끌고 간 곳은 돌산마을이었다. 분위기 좋은 레스토랑이 아닌 국밥집에서 곱창을 안주 삼아 소주를 마시고 난 뒤였다. 곱창 좋아하는 것까지 잘 맞았다. 알딸딸한 기운이 가시지 않았다.

"가끔 내 삶이 불안하다고 느껴질 때가 있어. 내가 그런대로 잘 살고 있는 걸까? 그런 생각이 들 때면 문득 여기 와서 확인하고 싶어져."

"하긴, 어릴 때부터 줄곧 무덤가에서 놀았으니까. 겁도 없이."

"죽은 자와 산 자가 같이 사는 특이한 동네잖아. 서로 자신의 보금자리를 조금씩 양보한 거지. 겁은 무슨 겁이 난다고? 죽음이 가까이 있다고 생각하니 두려움도 없어지던걸. 너, 혹시 시스투스라는 식물에 대해 들어본 적 있어?"

"시스투스?"

"자기 영역을 침범한 다른 식물을 태워 없애버리는 꽃이래. 외부 온도가 32도 이상 올라가면 부름켜 내부의 휘발성 오일을 뿜어낸다지. 씨앗이 퍼지게 하기 위한 거야. 좋은 환경을 만들어주지만 자신은 사라진대. 지독하면서도 집요한 꽃이야. 세상의 모든 엄마는 다 그런 징그러운 구석이 있지. 슬프게도 씨앗은 그 어미가 고스란히 불태운 그 땅이라야만 뿌리를 내리는 거야."

"그렇게 친다면 이 판자촌 윗동네 엄마들은 다 시스투스겠네."

무덤가에서 놀던 아이들이 우리 앞을 지나쳐 갔다.

"아랫동네 아이들은 겨울에도 치마를 많이 입었잖아. 나도 저런 원피스 한 번 입어보고 싶었다? 공부만 잘하면 되지 그따위 옷에 신경 쓰다 이 동네를 언제 벗어날 거냐며 엄마한테 등짝만 맞았지. 내가 뭘 좋아하는지 관심이 없었어. 하긴, 우리 엄마만 그런 건 아니니까. 한번 입어보기라도 했으면 부질없는 욕망에 시달리지 않아도 됐을 텐데. 내 아이만큼은 얽매이지 말고 자유롭게 살았으면 좋겠어."

도로를 따라 아랫동네로 내려왔다.

"어머니는?"

"단체 손님 받는다고 오늘 늦으신대."

우리는 누가 먼저랄 것도 없이 집으로 들어갔다. 조금은 무거우면서도 또 조금은 가벼운 밤이었다. 서로의 체온으로 우리를 태웠다. 우린 웃었고 또, 우린 젊었다. 그것만으로도 충분했다.

나는 두 장의 손수건을 침대 위에 나란히 펼쳐 놓았다. 채영이 외할머니에게 전화를 걸었다.

"혹시 오늘 채영이한테 손수건 주셨어요?"

"손수건? 글쎄, 난 준 적이 없는데."

장모님이 시치미를 떼는 건지, 아니면 진짜 준 적이 없는 건지 헷갈렸다.

"내가 청소하고 있을 때 채영이가 수진이 방에 들어간 모양이야. 수진이가 아껴서 버리지 않고 상자 안에 넣어두었더랬지. 거기서 꺼낸 건가?"

나는 그제야 죄송하다는 말과 함께 전화를 끊었다. 수진이의 손수건을 채영이가 가지고 온 거였다. 그런데도 이상하게 뭔가 찜찜했다. 나는 일어나 방 안을 서성댔다. 의심들이 다시 하나둘씩 머리를 짓눌렀다. 장모님은 수진의 손수건을 상자에 넣어두었다고 했다. 채영이는 여자에게 손수건을 받았고 내게 꼭 전달하라는 부탁을 받았다고 하지 않았던가. 어디서부터 엉킨 것일까. 왜 여자가 수진의 손수건을 갖고 있는 건지 알 수가 없다. 여자와 나는 일면식조차 없는 사이였다. 채영이에게 전해주라고 했다면 분명 무슨 의도가 있었을 텐데, 머릿속도 엉켰다.

책꽂이에서 미니 앨범을 꺼냈다. 채영이 아기 때 사진을 몇 장 넘기니 나와 수진이 얼굴을 맞댄 채 찍은 사진 한 장이 보였다. 달랑 한 장 남은 사진이 기억의 조각들을 수집한다. 배가 둥근 달처럼 불룩한 것만 빼면 긴 머리에 안경, 큰 키, 보조개, 수진의 모습이 그림 속 여자의 모습과도 비슷했다. 채영이 그림을 보고 난 뒤의 후유증일까, 제대로 설명되는 게 없었다. 지금 상태로 봐서는 내가 병원 상담을 받아야 할 것 같았다.

사무실로 가는 중에 담임으로부터 전화가 왔다. 동화 듣는 시간에 채영이가 혼잣말을 하더라는 것이다. 수업하기가 곤란해서 잠깐 쉬라고 따로 앉혀놨더니 큰소

리로 울었다고 했다. 담임이 한참 뜸을 들인다. 채영이가
너무 크게 우는 바람에 어린이집이 발칵 뒤집어졌다는
말을 아주 조심스럽게 전해주었다.

"지금은 좀 어떤가요?"

"가만히 웅크리고 있어요."

"알겠습니다. 제가 곧 가겠습니다."

어린이집 쪽으로 가기 위해 좌회전 차선으로 옮겨 탔
다. 담임으로부터 또 전화가 왔다. 채영이가 화장실에 가
고 싶다고 했는데 기척이 없어 가보니 사라졌다는 것이
다. 채영이가 계단을 내려와 대문을 열고 나간 걸 본 사
람이 아무도 없었던 모양이다. 나는 다시 생태숲 쪽으로
갔다. 채영이가 아줌마와 함께 갔다던 돌산마을이 생각
났다.

비온 탓에 땅이 축축하게 젖어 있었다. 마을 골목골
목을 돌았다. 채영이 모습이 어디에도 보이지 않았다. 제
발 무사하기만을 바랐다.

무덤가 마을엔 수진과 나의 농담과 추억이 숨어 있
다. 떠나고 싶어 했지만 종종 그리워하던 곳이었다. 내가
여태껏 이곳을 찾아오는 이유이기도 했다. 수진이 살았
던 집의 벽화 앞에 다다랐다. 순간, 담벼락 끝에서 채영

이의 목소리가 들렸다. 벽화는 아이 두 명이 종이컵을 대고 전화 놀이를 하는 것이었다. 채영이가 벽에 몸을 기댄 채 전화 받는 시늉을 했다. 나는 벽 가까이 다가갔다.

"엄… 엄마?"

채영이의 목소리가 떨렸다.

"채영아!"

나는 큰소리로 채영이의 이름을 불렀다. 아무런 기척이 없다. 채영이에게 내 외침은 들리지 않는 메아리였다. 채영이의 손을 잡고 올 때도 차 안에서도 채영이는 아무 말이 없었다.

새벽녘 눈이 떠졌다. 채영이가 걱정이 됐나. 방에 들어가 채영이 얼굴을 살펴본 뒤 들고 있던 외투를 걸쳤다. 돌산마을로 차를 몰았다. 차에서 내린 나는 채영이를 발견했던 그곳으로 걷기 시작했다. 골바람이 대단했다. 결국 또 돌산인가? 내가 생각해도 미친놈 같다.

지난밤 나는 수진의 집에 왔었다. 그런데 낮에 채영이가 전화를 받던 곳도 수진이 집의 벽화 앞이었다. 그 자리에 서 있는 채영이를 봤을 때 너무 놀랐다. 채영이가 어떻게 알고 여기까지 온 건지 알 수가 없다. 엄마라고 부르던 채영이 모습도 잊혀지지 않았다. 이곳에서 정말

176

엄마와 통화라도 한 것일까, 엄마에 대해서 이야기를 해 줘야 하는 것일까, 나도 모르게 피식 웃음이 나왔다. 문 득 현실적으로는 불가능한 일이기는 하나 어쩌면 이승 과 저승의 벽을 뚫고 수진이 올 수도 있지 않을까, 내가 아는 수진의 성격으로는 그럴 수 있겠다는 생각도 들었 다. 나는 골바람을 맞으며 또 그 자리에 한참을 서 있었 다. 날이 밝아왔다.

저녁을 먹는데 느닷없이 어머니가 채영이 이야기를 꺼냈다. 나는 또 여자 이야기를 하려는가 싶었다.

"채영이 방을 청소하는데 못 보던 원피스가 있더라. 외할머니가 사 준 거겠지? 채영이가 웬일이래? 치마는 죽어도 싫다던 애가. 어린 것 속을 도통 모르겠다니까, 고맙다고 전화 한 통 드려."

채영이는 숲 체험을 다녀와서 피곤한 탓인지 일찍 잠 이 들었다. 채영이 옷들을 훑어보았다. 바지와 티, 재킷 이 거의 대부분이었다. 치마와 블라우스 한 벌조차 없다. 안쪽 옷걸이에 걸려 있는 엘사 원피스가 눈에 띄었다. 그 것도 채영이가 싫어하는 핑크색 망사 원피스였다. 스팽 글이 붙어 있어 화려해 보였다. 치마는 쳐다보지도 않고 입으려고도 하지 않더니. 얼마 전 외할머니 집에 갔을 때 산 건가? 어떻게 설득을 하셨지? 별의별 생각을 다 했다.

어린이집 차가 올 시간이다. 채영이가 엘사 원피스를 입고 밖으로 나왔다. 자리에서 한 바퀴 돌더니 선생님과 친구들에게 보여줄 거라고 말했다. 그러고는 엘사처럼 머리를 땋아 달라고 했다.

"엘사 원피스를 입었으니까 머리도 엘사처럼 해줘."

옷이나, 머리로 뭔가를 요구하며 아침 시간을 잡아먹은 적은 없었다. 오늘따라 채영이가 유난히 떼를 썼다.

"우리 딸, 왜 그래?"

"아이고 마 됐다. 내가 알아서 할 테니 니는 얼른 출근이나 해라. 회사 늦겠다."

어머니가 겨우 채영이를 달래 밥도 먹이고 머리도 땋아서 데리고 나갔다. 진땀 나는 아침이었다.

외할머니 집에서 채영이를 데리고 올 때 채영이가 무언가 들고 있었는지 기억이 없었다. 옷을 가져왔다면 종이 가방이라도 있었을 텐데 어머니도 보지 못한 건 마찬가지였다.

이 모든 상황이 그저 또래 여자아이의 커가는 과정이라고 넘어가기에는 납득할 수 없는 것이 많았다.

평소보다 일찍 어린이집에서 채영이를 데리고 왔다. 상담센터에서 1시간 가까이 검사를 했다. 상담사는 요근래 채영이가 충격을 받은 일이 있냐고 물었다. 특별히 그런 일은 없었다고 했다. 그동안 채영이의 행동을 구체적으로 설명하자 소아정신분열증 증상이 보인다고 했다.

"소아정신분열증이라니요? 말도 안 됩니다."

"현실에 실제로 없는 것을 보고 있다고 본인이 지각하는 겁니다. 어쩌면 어떤 욕망이 불러온 결과일 수도 있죠. 일단 입원했다가 약물치료를 받아보시는 게 좋겠습니다."

엄마가 너무 보고 싶은 마음에 헛것이라도 봤다는 건가, 채영이가 봤다던 그 아줌마를 엄마라고 착각이라도 하고 있다는 건가, 여자는 왜 채영이 앞에 나타난 건가, 그 손수건은 어떻게 설명을 해야 하는 건가, 돌산마을에서 내가 본 건 뭘까? 같은 질문만 되풀이했다.

채영이는 상담하는 내내 지금은 아줌마랑 이야기하고 있는 중이라 묻는 말에 답을 할 수 없다고 했단다. 채영이가 거짓말을 하고 있는 거라고 여겼는데 채영이가 나간 뒤 봤더니 채영이의 옆 자리의 빈 의자가 뒤로 좀 밀려나 있더라고 했다. 상담사의 말이 귓전에 계속 맴돌았다.

센터에 갔다 온 저녁 채영이가 열이 계속 올랐다 내렸다 했다. 해열제를 먹이고 옆에서 지켜보았다. 끙끙 앓는 소리를 했다. 나는 서랍 안에서 수진의 이니셜이 박힌 손수건을 꺼냈다.

"채영아, 엄마 꺼야."

나는 손수건으로 채영이의 식은땀을 닦았다. 처음에는 채영이의 행동들을 어떻게 받아들여야 할지 몰랐다. 놀랐다가, 대수롭지 않게 여기다가, 정말 소아정신분열증인가 하는 의심도 했다가, 엄마가 보고 싶은 마음에 채영이가 꾸며낸 이야기일 거라고 믿었다. 그러면서도 한편으로는 TV나 책에서 많이 접했던, 귀신 보는 아이가 아닐까 생각도 했다. 채영이만 그런 게 아니었다. 나 역시 여전히 수진의 죽음을 실감하지도 망각하지도 못하고 있었다. 인정하지 못했다. 채영이의 탄생과 수진의 죽음이 맞물리면서 그녀의 부재는 늘 실감과 망각 사이에 있었다.

채영이 이마를 짚어보니 열이 떨어졌다. 하루 더 쉬는 게 어떻겠냐고 해도 채영이는 굳이 어린이집에 가겠다고 했다.

"이제 열도 내렸잖아. 어제 아줌마가 와서 안아주고 갔거든. 하나도 안 아파."

"그, 아줌마가 또 왔구나. 아줌마가 무슨 말 했어?"

채영이가 입안에 밥을 한가득 넣은 채 중얼거렸다.

"응. 아줌마가 그러는데, 아줌마도 많이 아프다고 했어."

"어디가?"

"머리에 혹 같은 게 생기는 병이래. 근데 그 혹이 아주 독하고 나쁜 거라서 의사 선생님도 고칠 수가 없다고 했어."

"진짜 아줌마한테 들었어? 외할머니한테 들은 게 아니고?"

"외할머니는 아줌마를 몰라."

"채영이는 아줌마에게 뭐라고 말했어?

"내가 옆에서 지켜줄 거니까 걱정하지 말라고 했지."

"이젠 괜찮아?"

"아줌마가 나한테 고맙다고 했거든. 기분이 좀 좋아졌어."

"채영아, 그때 아줌마 아기 이름도 채영이라고 했잖

아?"

"아, 힘들어. 질문을 많이 하면 어떡해? 궁금하면 아줌마에게 물어보면 되지."

"일 때문에 아줌마를 만날 수가 없으니까 그렇지."

"그건 인정! 이름이 나랑 같아서 자꾸 보러 오는 거라고 하던데. 근데, 어린이집에 엘사 원피스 입고 가도 돼?"

"그럼."

채영이는 물어보지도 않았는데 원피스에 대해 말했다. 난 입기 싫었는데 외할머니가 원피스 입은 모습이 보고 싶다고 했어. 부탁 부탁해서 입은 거야. 엄마도 좋아했을 거라고 했어. 엄마 어렸을 때 원피스 엄청 입고 싶어 했대. 그때 못 사준 게 오래도록 후회가 된다고 하셨어. 채영이가 또박또박 설명을 했다.

"아빠, 오늘 내 생일이야."

"그럼, 알고 말고. 어린이집 갔다 와서 생일 파티 하자."

"응. 아빠."

채영이 하원 시간에 맞춰 채영이가 내리는 장소로 갔다. 채영이를 위해 깜짝 이벤트를 하는 것도 나쁘지 않을 듯했다. 시간을 잘못 알고 있는 건지, 길이 엇갈린 건지,

기다려도 채영이가 오지 않았다. 나는 다시 집으로 향했다. 집 앞에서 어머니와 채영이를 만났다.

"저한테 나오라고 하시지 않고요."

시장 바구니가 묵직했다. 채영이와 같이 장을 보고 온 모양이었다. 채영이는 바나나 우유를 빨며 안으로 들어왔다.

"모처럼 늦잠 자는 사람 깨워서야 되겠냐."

어머니가 물건들을 식탁에 꺼내 놓으며 말했다. 식재료들을 정리했다. 케이크라도 하나 사러 갈까 나서려는데 채영이가 물었다.

"아빠, 아줌마 초대해도 돼?"

나는 승낙의 표현으로 머리 위로 동그라미를 만들었다. 채영이가 했던 말들이 사실인지 아닌지 알고 싶었다. 채영이가 아줌마하고 친해졌으면 하는 바람과 채영이를 부탁하고 싶은 마음도 있었다. 어쩌면 엄마하고 다르다는 걸 확인할 수 있지 않을까 했다. 무엇이든 간에 일단은 정리가 될 것 같았다. 큰길 건너 베이커리에서 초코와 딸기가 반반 섞인 케이크 하나를 샀다. 친구들에게 답례로 줄 쿠키도 아이들 수만큼 샀다.

"채영아, 케이크 사 왔다."

채영이 방문을 열었다. 채영이가 엘사 원피스를 입은 채 누군가와 통화를 하는지 전화기를 들고 있었다. 나를 보더니 쉿! 하고 검지 손가락을 입에 갖다 댔다. 채영이가 들고 있는 전화기는 고장 난 내 휴대폰이었다.

"아줌마 오늘이 제 생일이에요. 알고 계시죠? 아빠가 아줌마 초대해도 된다고 했어요. 엘사 원피스도 입은걸 요."

채영이의 표정이 뚱하더니 금세 시무룩해졌다.

"왜 올 수가 없어요?"

채영이가 울먹였다.

"수술하러 미국에 나중에 가면 되잖아요!"

울먹이던 채영이가 결국 눈물을 흘렸다. 실망을 많이 한 듯했다. 코끝이 짠했다. 한참 동안 정적이 흘렀다. 여자가 무슨 말을 한 건지 채영이가 여러 번 고개를 끄덕인다.

"알겠어요. 할머니랑, 아빠 말 잘 듣고 있으면 되죠? 아기 낳고 나 보러 꼭 와야 돼요."

채영이는 몇 번이고 약속을 했다. 이번에는 허공에 대고 새끼손가락을 건다. 채영이가 눈물을 훔치는 걸 보고 나는 방문을 닫고 나왔다. 얼마쯤 지나자 채영이가 거실로 나왔다.

"채영아, 아빠랑 잠깐 바람 쐬러 갈까?"

"응. 근데 어디?"

"가보면 알지."

오늘이 그날인 것 같다. 수진에 대해 이야기를 해줘야 할 시간이 왔다. 나는 방으로 들어갔다. 서랍에서 수진과 나의 손수건을 꺼내 바지 주머니에 넣었다. 그러고는 채영이와 함께 밖으로 나왔다. 나는 채영이를 목말 태웠다.

작가노트

돌산마을은 출퇴근을 할 때마다 늘 지나치는 곳이다. 한때 벽화마을로도 유명했던 이곳이 재개발이 되어 사라지게 됐다. 사라지고 없어지는 것이 이 돌산마을뿐이겠냐만은 그래도 아쉬운 마음에 자꾸 눈길이 머문다.

사라지는 것에 대해 생각해본다. 그러다 '죽음'이라는 단어와 마주하게 됐다. 죽은 영혼을 볼 수 있다면? 노래 가사처럼 그리워하면 언젠가 만나게 되는 어느 영화와 같은 일들이 일어날 수 있을까? 생각이 거기까지 미쳤다. 그러자 죽은 영혼을 보는 아이가 내 앞에 나타났다. 때마침, 이곳 돌산마을이 깔 맞춤처럼 배경이 되어 다가왔다. 그렇게 이야기가 시작되었다.

어쩌면 이 소설은 그리움에 대한 이야기일지 모른다. 단, 그리움을 그리움답게 잘 보내주어야 된다는 약속이 필요하다. 그래야 비로소 사라짐의 진정한 의미를 알게 될 테니…. 오늘도 나는 마음껏 그리워하기 위한 연습을 한다.

돌산마을을 바라다본다. 옴팡한 골목길이 보이고, 옹기종기 모여 앉아 이바구를 나누는 사람들 목소리가 들리는 것 같다. 장수진과, 오진수, 오채영, 그들이 나에게 속삭이듯 말을 건넨다.

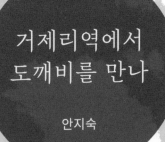

거제리역에서
도깨비를 만나

안지숙

"도깨비 함부로 비웃는 거 아니다. 지킬 거는 지켜야겠다 싶어 시시로 나오는구만."

거제리역 역사(驛舍) 모퉁이에서 처음 만났을 때 도깨비가 했던 말이었다. 인간 변종인가 싶은 생물체가 나랑 똑같은 꽃무늬 마스크를 쓰고 있는 꼴이 웃겨서 좀 키득거리긴 했다. 꽃무늬 마스크보다 더 웃긴 건, 웃기기보다 기괴했던 건 온몸에 뒤집어쓰고 있는 고슴도치 가죽이었다. 저 정도 가죽이 통으로 나올 만큼 큰 고슴도치가 있나. 이상해서 다시 봐도 뾰족한 가시로 덮인 것은 고슴도치한테서 벗겨낸 털가죽이 분명했다.

"음… 네가 도깨비라고?"

도깨비는 구척장신이라던데 내 앞에 서 있는 생물체

는 키가 166이나 7 정도로 나보다 클까 말까 했다.

"도깨비도 아니믄 내가 뭐겠노. 아이구구구, 좀 앉자."

도깨비가 신음을 내며 엉덩이를 뒤로 빼고 앉았다. 한쪽 다리를 뻗고 앉는 폼이 얼핏 봐도 척추협착증이었다. 나도 허리 통증으로 고생깨나 했던 터라 척추협착증에 대해서는 반 의사였다.

"도깨비 주제에 왜 인간인 나를 불러 세웠지?"

내가 시비조로 말했다. 도깨비가 눈을 좁히고서 나를 쳐다보았다. 봄볕이 따사로운 날씨인데 가늘디가는 한 줄기 익숙한 한기가 목덜미를 스쳤다.

"인간인 네가 내 이름을 불러놓고서 그러냐."

내가? 네가 아니고 내가? 그런 표정으로 쳐다보자 도깨비가 억울하다는 듯 허― 소리를 냈다. 이런 걸 두고 공을 남한테 넘긴다고 하지. 나는 도대체 이 도깨빈지 허깨빈지 모를 작자는 뭐지 싶어 희한한 몰골을 새삼스레 살피다가 눈길을 피했다. 도깨비의 눈이 무서웠다.

자칭 도깨비를 만난 그날은 두 달 전, 정월 대보름날이었다. 큰올케가 새벽같이 와서 오곡밥과 나물 모둠 찬합을 식탁에 포개놓고 갔으니 확실했다. 고관절 수술로 운신을 못 하게 된 엄마 때문에 부산에 내려온 뒤 한 달

가까이 온천천변을 걸었는데 그날은 늘 드나들던 아파트 후문 쪽에 공사 장비들이 널려 있었다. 가스 연결관이 터졌나 봅디더. 누가 냄새 난다꼬 신고를 했는 모양이라. 후문 옆에 트럭을 세워놓고 과일을 파는 남자가 말했다. 나는 정문으로 발길을 돌렸다. 딱딱한 기계 장비들을 헤치고 지나가는 게 내키지 않았다.

아파트 정문을 나서면 5분 거리에 동해선 둘레길이 있었다. 산책이 취미라카믄 동해선 둘레길을 걸어보이소. 선로 걷어내고 길을 잘 꾸며놨어예. 하루 세 시간씩 엄마를 맡아주는 방문 요양보호사의 말이었다. 그렇다면 한번 걸어보지 뭐. 가볍게 생각하고 둘레길에 들어섰다가 도깨비한테 코를 꿰인 셈이었다. 오늘도 현관을 나설 때는 온천천으로 가야지 했는데 발걸음은 어김없이 정문으로 향했다.

거제교회를 지나 철도건널목 앞에서 걸음을 멈췄다. 거제동 철도건널목은 예전에 동해남부선이 지나던 곳으로, 열차가 지나가면 차단기가 오르내렸는데 지금은 횡단보도로 바뀌었다. 부산진역에서 포항역 구간을 잇던 동해남부선이 복선 전철화 공사로 동해선 광역전철에 편입되면서 고가도로로 높직하게 지어진 덕분이었다. 차

단기가 오르내리는 걸 구경하는 맛이 없어 아쉽기는 하
나 통행하기에는 편했다.

예전 동해남부선 선로가 놓였던 길을 따라 조성된 둘
레길은 두 명이 겨우 나란히 걸을 만한 소로인데 생각을
집중하기에는 외려 나았다. 지난 두 달간 이 길을 걸으며
나는 시시로 그날 일을 떠올렸다. 거제리역에 시시로 나
온다고 말을 흘렸던 도깨비는 정월 대보름날 이후 지금
까지 코빼기도 비치지 않았다. 도깨비인지 뭔지 형편없
는 행색으로 처연한 표정을 짓고 있는 게 기이해서 말 상
대를 해줬더니… 기이하다는 감정 속에 혐오가 들어 있
었는지는 모르겠다.

아, 또 도깨비 생각이네.

하루 세 시간의 자유시간을 아무 생각 없이 보내고
싶은데 조금만 방심하면 머릿속으로 도깨비가 날아들었
다. 이놈의 잡념이 문제였다. 내 인생이 해맑지 못한 것
도 따지고 보면 시도 때도 없이 머릿속을 흐려놓는 이
잡념 때문이었다. 지겹다 지겨워. 투덜거리면서 나는 걸
음을 멈추었다. 거제리역, 아니 거제해맞이역 앞이었다.
모퉁이는 오늘도 비어 있었다. 1층 로비와 고층 철로의
구조로 올려 지은 역사(驛舍)는 팔장신 대장군처럼 자리

를 지키고 있었다. 거제리역이 거제해맞이역으로 이름이 변경된 건 2016년 말이었다.

거제리역은 역명 변경으로 역사(歷史)에서 사라지는 비운의 주인공이 될 뻔했다가 이웃한 역의 새 이름으로 부활했다. 동해남부선을 타고 달리던 통근열차의 임시 승강장으로 존재감이 미미했던 남문구역이 동해선과 도시철도 3호선의 환승역으로 덩치가 커지면서 거제역이라는 이름으로 새로 태어난 것이다. 거제리역이 아니고 거제역으로 개명한 건 행정명이 거제동이기 때문이었다. 거제리역은 기실 어디에도 없는 역이었다. 거제역을 항시 거제리역이라 불렀던 아버지 때문에 우리 가족에게 거제역은 늘 거제리역이었다.

"저래 높아 봤자 번드레하기나 하지 내 보기엔 예전보다 못한 거라. 예전에 여기 있던 역이 진짜배기라. 대합실하고 역무실이 붙어 있어 크기가 맞춤하니 정감 있었지. 일제 때 지어진 시골역처럼… 문화재로 삼아도 손색이 없다 하는 소리도 들었구만. 전국적으로다 승강장에 올라앉은 역이 몇 안 되었는데 그 귀한 걸 헐어버렸으니 얼마나 아깝고 안타까웠는지 모른다."

두 달 전, 도깨비가 했던 말이 환청처럼 울렸다. 도깨

비 주제에 뭘 그렇게 아깝고 안타깝다고…, 하는 표정을
드러냈던 모양이다. 도깨비가 내 생각이 백번 틀렸다는
듯 고개를 저었다.

"돌 깨부숴가며 선로를 놓다 손가락 마디 하나를 묻
었으니 나도 여기 주인이나 마찬가지라."

도깨비는 턱을 당겨 점잖은 표정을 지었다. 내게 좋
은 인상을 주려고 애쓰는 것 같아 거부감이 들었다.

"저 사람들은 도깨비를 못 보나?"

1층 로비로 들어가는 사람 몇이 나를 힐긋거리고 지
나갔으므로 도깨비에게 물었다. 도깨비는 내 말을 무시
한 채 화장발이 화려한 중년 여성들을 보고 있었다. 뭐라
고 입을 달싹거리는 것 같았다.

"뭐라는 거야."

내가 짜증을 냈다. 나는 누가 내 말을 못 들은 척하거
나 딴청을 피우면 그렇게 화가 났다. 남들한테 화를 푸
는 성격이 아닌데 말을 무시당하면 스스로 이해가 안 될
정도로 감정이 끓어올랐다.

"저기 몰려가는 고운 귀신들한테야 보이지."

"뭐라노? 여기 귀신들이 산다고?"

나도 모르게 사투리가 튀어나왔다. 도깨비가 왼손을

들어 8차선 찻길 쪽으로 뻗었다. 가죽옷 소매에서 삐져나온 손이 사람 손과 흡사한데 검지손가락 한 마디가 없었다.

"살다마다. 저 구름다리 보이제?"

도깨비가 철도건널목 방향으로 찻길을 가리키며 말했다. 나는 뭔 소리를 하는 건지 몰라 도깨비를 멀뚱히 쳐다보았다. 구름다리는 내가 어렸을 때부터 있던 육교로 오래전에 철거되고 없었다.

"저 국도를 사이에 두고 전차가 동해남부선과 나란히 안 댕깄나. 당시 저 구름다리 밑이 거제리역이었는 거라. 부전시장에 장 보러 댕기던 사람들이 다 저 거제리역에서 전차를 안 탔나. 서면이며 범일동, 중앙동에 직장이 있는 사람들이 전차를 타고 다녔지를. 그라이 산만디에 숨어 지내다 제삿날 내려온 귀신들이 전차만 오면 환장을 하는 거라. 기운이 맞는 사람 찾아서 붙으면 이승에서도 지낼 만하거던. 그라다가 전차가 없어지니 귀신들이 다 어데 가겠노. 역 대합실이며 철도관사로 뿔뿔 기어들었지를."

갑자기 심한 부산 사투리를 구사하는 도깨비의 말이 거짓말 같지는 않았다. 내가 다녔던 거제국민학교가 바로 이 근방인데, 지금 생각해도 지나치다 싶을 정도로 학교에 귀신 이야기가 넘쳐났더랬다.

"거기, 무슨 일입니까?"

갑자기 역원 명찰을 단 남자가 1층 로비에 서서 소리를 질렀다. 나는 얼른 주머니에서 이어폰을 꺼내 귀에 꽂았다. 무슨 문제가 있습니까. 가까이 와서 말을 건네는 역원을 무시하고 영어 문장을 중얼거렸다. 와이 디쥬 컴 투 어메리카. 아이 캐임투 비짓 마이 프렌드. 와이 디쥬 컴투 어메리카. 아이 캐임투 비짓 마이 프렌드….

"갈란다. 여기 있다가 정신병자 취급당하겠다."

미심쩍은 눈길로 쳐다보던 역원이 역사 안으로 들어가는 걸 확인하고 내가 말했다.

"벌써 간다고?"

도깨비가 서운하다는 표정을 지었다. 언제 봤다고….

"내가 날이면 날마다 오는 것도 아니고."

도깨비가 투덜거리며 뻗치고 있던 다리를 접더니 아이그그 염소 멱따는 소리를 냈다. 엉거주춤 일어서서는 등을 구부려 충격 완화 자세를 잠시 취한 뒤 허리를 펴는 도깨비의 모습 위로 아버지의 모습이 겹쳤다. 허리병은 아버지가 기관조사를 할 때 얻은 고질병이었다. 기관조사가 하는 주된 업무가 삽으로 석탄을 퍼서 보일러를 때는 일이다 보니 허리가 작살날 수밖에 없었을 것이다.

"이혼은 해서 어쩔라고. 가정은 부녀자가 지키는 것이 본시 법도인데……."

둘레길로 도로 내려서는데 등 뒤에서 도깨비가 목소리를 높였다. 나는 발을 헛짚어 하마터면 자빠질 뻔했다. 이혼하겠다고 마음을 굳힌 건 며칠 전이었다. 몇 달 기한의 친정살이는 서로 떨어져 살면서 밉고 싫은 감정을 다 독이자는 거였다. 엄마의 고관절 수술은 타이밍이 딱 맞아떨어진 핑계였다. 내가 오지 않았으면, 간병인을 고용하고 올케 둘이 번갈아 들여다봤을 것이다. 아버지가 돌아가시면서 지금 엄마가 살고 있는 아파트는 큰오빠에게, 월세를 받아먹고 있던 소형 아파트는 작은오빠에게 주었으니 그 정도 수고는 할 만할 거였다.

"무슨 상관이람, 제대로 알지도 못하면서."

"모르기는 와 몰라. 지가 한 만큼 돌려받는 기 인생이더라. 여기 다 뒤집고 역사를 헐어냈어도 내가 돌을 채워가매 선로를 놨던 일이 어디 가나. 그래 열심히 해놓으니여기 역장이 날로 잘 본 거라. 초량 기계공장으로 가보라고 소개를 해줘서 가보니 거기가 철도차량정비창이라카대. 내한테는 천운이었지."

무슨 말을 하려고 저리 장광설을 풀어놓나 싶어 나는
도깨비를 멀뚱히 보았다. 도깨비가 마른 침을 삼키고 말
을 이었다.

"살다 보믄 서운한 것도 있고 어려븐 일도 있지 와 없
겠노. 다 인연인데 지 자리는 지키야 안 될라. 옳고 그르
고를 떠나서 그게 백 번 천 번 낫다. 사람은 한평생 살라
믄 지 자리가 있어야 되는 거라."

'사람한테는 그렇겠지. 그런데 당신은… 원래도 도깨
비였잖아.'

이 말을 나는 입에 끌어 올리지만 기어코 내뱉지는
못하고 등을 돌렸다. 아버지가 철도원이라는 것을 처음
안 게 이 거제리역에서였다. 엄마가 승강장에서 기차를
기다리는 동안 나는 역사 대합실 안으로 들어가 놀았다.
기다란 나무 의자에도 앉아보고, 까치발을 하고서 매표
창구도 들여다보고, 난로에 놓인 주전자가 뿜어내는 김
도 구경했다. 그러다 기차 소리가 들리면 뛰쳐나왔다. 빠
아아아앙 소리로 사방을 채우면서 기차가 달려오면 나
는 엄마 옆으로 가서 찰싹 붙었다.

맨 앞 기관실 창으로 아버지의 얼굴이 보였다. 아버

지는 창을 통해 몸을 내밀고서 우리가 서 있는 쪽을 노려보았다. 우리를 보는 게 아니었다. 아버지는 매서운 눈길로 노려보던 폐색기에 통표를 걸었다. 동료 기관사들이 대충하는 일을 아버지는 눈에 불을 켜고 했다. 고등학교를 졸업하거나 전문대까지 나온 동료 기관사들은 소학교를 1, 2년 다니다 만 아버지처럼 실수 한 번에 목이 잘리는 공포를 느끼지 않았을 것이다. 열차가 속도를 줄이면 엄마는 보자기로 싸맨 도시락을 기관실 창으로 던져 넣었다.

도시락을 삼킨 기차는 요란스럽게 땅을 굴려대며 달려갔다. 엄마는 내빼는 기차를 보고 있다가 그 자리에 쪼그려 앉았다. 엄마 또 머리 아프나. 내가 물어도 엄마는 무릎 사이로 고개를 숙인 채 대답이 없었다. 한참 그러고 있다 날이 저문 걸 알아차리면 내 손을 잡고 역을 나왔다. 거제리 찻길에서 개구리산으로 들어서면 발 앞이 어두웠다. 행정동으로는 거기도 거제동이었을 텐데 사람들은 우리가 살던 동네를 개구리산이라 불렀다. 마을은 분명 평지였는데 왜 개구리산으로 불렸는지 알 수 없었다. 우리 동네가 저 위에 산에서 내려다보면 개구리가 양정 쪽으로 엎드려 있는 모양새라. 점방에 놀러 왔던 어른이 그런 말을 했던 것도 같았다. 어쩌면 내가 잘못 기억하고 있는지도 몰랐다.

나는 어린 시절을 기억하고 싶지 않았다. 엄마는 툭하면 머리가 아팠고 아버지는 무엇 때문인지 늘 신경이 곤두서 있었다. 아버지가 직장을 다녔는데도 우리 집은 내가 국민학교를 졸업할 때까지 점방을 했다. 엄마는 점방을 보다 말고 머리를 수건으로 동여맨 채 방으로 들어가 누워있곤 했다. 학교에 갔다 와 방문을 열면 엄마는 퀭한 눈으로 우리를 쳐다보았다. 해골처럼 마른 얼굴을 보고 있으면 슬프고 무서웠다. 엄마 많이 아프나. 밥 차려줄까. 내가 무언가를 꾹 참고 견디면서 말을 건네면 엄마는 입을 다문 채 보일 듯 말 듯 고개를 저었다. 종알종알 지껄이기 좋아했던 나는 열 살쯤 나이를 먹으면서 말 없는 아이가 되었다.

엄마처럼 아버지도 뭘 물으면 대답을 하지 않았다. 아내나 딸을 상대로 대화하는 것을 아버지는 채신머리 없는 짓으로 여겼다. 오빠들한테는 우리가 판사공파 몇 대조 직계냐는 둥 증조부 함자가 뭐냐는 둥 별것도 아닌 질문을 엄숙하게 던졌고 오빠들이 암기하고 있던 대답에 가풍이 바로 서기라도 한 양 고개를 주억였다. 딸의 말은 귓등으로 들어 넘겼고 아들들 말은 묵직하게 들었다. 아버지한테는 그게 어떤 원칙이었다.

집안 어른이 방문해 하루를 묵어갈 때면 아버지는 두 오빠만을 불러 인사를 시켰다. 자식 둘을 낳아준 조강지천데 골골거려도 델꼬 살아야지, 우짭니꺼. 집안 어른들에게 저게 무슨 말 같지 않은 소린가 싶은 말을 주절거린 것도 아버지가 평생 버리지 못한 원칙 때문이었다. 나는 여상 3학년 때 주소지가 서울로 돼 있는 회사 열댓 곳에 이력서를 보냈다. 한 군데서 연락이 오자마자 졸업식도 하지 않고 서울로 갔다. 나는 엄마처럼 미치고 싶지 않았다.

"몹쓸 도깨비 같은 놈!"

내가 막 중학교에 들어갔을 무렵이었다. 반벙어리로 살던 엄마의 입에서 튀어나온 일성이 몹쓸 도깨비 같은 놈이었다. 몸이 더 안 좋아지면서 점방을 닫고 지금 사는 아파트 근처 주택으로 이사를 했는데, 그 집에 살기 시작한 뒤로 엄마는 한 번씩 이상하게 굴었다. 가만있다가 갑자기 악— 악— 고함을 질러댔고, 거친 말을 쏟아놓았다. 사람이 칼이가. 우예 칼처럼 정확하게 사노, 우예 대나무 자처럼 반듯하게 사노. 고마 마누라고 자식이고 다

죽이뿌라. 죽이뿌믄 눈에 거슬리는 기 없을 거 아이가. 이 도깨비 같은 화상아!

한 번씩 발악을 하고 기진해 쓰러지는 엄마를 아버지는 온천장에 있는 정신병원으로 데려갔다. 한 달 넘게 정신병원에 있다가 돌아온 엄마는 드러내놓고 악을 쓰지는 않았는데 혼자 중얼중얼하는 버릇이 생겼다. 그 말을 알아듣는 사람은 나밖에 없었다. 엄마가 아버지를 자신의 팔자로 받아들이면서 그때까지 붙잡고 있던 무언가를 완전히 놓아버렸다는 것을 아는 사람도 나밖에 없었다.

세상 모든 사람에게 아버지는 점잖고 예의 바르고 성격이 소탈한 사람이었다. 퇴근길에 만나는 동네 사람들한테 인사를 하며 사근사근하게 굴던 아버지는 집 대문 앞에 서면 표정이 얼음장으로 바뀌었다. 집안에 뭔가 잘못된 일이 발생했다면 용납지 않겠다는 눈길로 방과 마루와 마당을 둘러보았다. 한마디로 살벌했다. 만약 개키지 않은 빨래나 만화책이 방바닥에 흩어져 있다, 그러면 아버지는 집안에 망조가 든 듯 비통해했다. 40킬로그램도 안 되는 약골의 몸으로 애 셋을 키우고 살림을 하는 엄마를 어떤 눈길로 보았는지 아버지는 끝까지 몰랐다. 아버지가 집에 올 시간이 되면 삼 남매가 하나같이 틱 증세를 드러냈다는 것도 몰랐다.

"하이고, 엉성시럽다. 직장에서 올 시간 되면 심장이 덜컥덜컥 내려앉는데, 동네 여자들이 다 내보고 이상하다고 했다. 세상에 느그 신랑 같은 사람이 어딨노. 직장 좋지, 성격 서글서글하지, 네가 복에 겨웠다 카면서. 기가 찰 노릇이지. 생전 가야 웃는 낯을 한번 보여주나. 집에만 들오면 뭣이 그렇게 마음에 안 드는지 독새 같은 눈으로 보는데, 감옥소 간수도 사람을 그렇게 안 볼 끼다. 아무리 조실부모 했다 캐도 글치, 기집 자식 위하는 걸 어데 배워서 하나."

마음속에서 달궈진 말이 목구멍에서 밀려나왔다. 내 의지가 아니었다. 나는 입술을 달싹이며 우렁우렁 흘러나오는 엄마의 목소리를 듣고 있었다. 고슴도치도 제 새끼 귀한 줄 안다 카더만 내가 어쩌다 낮도깨비를 만나서…. 나이 오십에 태생의 인연이 아파서 엄마의 불평을 뱃속에서 꿀렁이는 게 지겹지 않은 건 아니었다. 내 입을 빌려 쏟아진 말과 악의에 도깨비가 괴로워하길 바라는 자신이 한심하고 수치스러웠다.

사월의 햇살이 내리쬐는 둘레길을 나는 꿈길을 걷듯 몽롱한 상태로 걸었다. 몽롱한 상태에서도 뭔가 내가 풀

어야 할 매듭을 내버려두고 온 것 같은 기분이었다. 찜찜
하기는 한데 걱정할 일은 아니었다. 몹쓸 도깨비든 정신
나간 도깨비든 분명한 건 이 모든 것이 환상이라는 거였
다. 감정적 고통과 통증의 기억에서 사실이 아닌 건 아
무것도 없었으나 도깨비는 실재하지 않는, 없는 존재였
다. 미희야, 부르는 소리가 머릿속에서 울렸지만 돌아보
지 않았다. 살아 있는 동안 내 앞에 있었던 적이 없으면
서 고슴도치 가죽을 뒤집어쓰고 나타난 건 뻔뻔한 짓이
었다. 이 무슨 어울리지도 않는 장렬한 뒷북인지.

그래, 됐어. 이제 고만하자.

나는 둘레길이 세 갈래로 갈라지는 곳에서 잠시 망설
였다. 내처 쭉 가면 시민공원인데 햇살이 너무 밝게 쏟아
지는 지형이라 내키지 않았다. 왼쪽 길은 8차선 찻길로
내려가는 길이고, 오른쪽은 마을 뒷산 산책길로 이어지
는 길이었다. 발바닥도 아픈데 돌아갈까, 생각하며 나는
해맞이마을이 등지고 있는 뒷산을 바라보았다. 뒷산이
고 앞산이고 오늘은 아무것도 마음이 내키지 않았다. 집
에서 나오면서 티눈용 반창고를 발바닥에 붙였는데 걸
을 때마다 찌릿찌릿 쑤셨다. 그렇다 해도 걸을 수 있는
길을 두고 이런 적은 없었는데…. 잡념이 미세먼지처럼

머리에 꽉 차서 컨디션이 나빠진 모양이었다.

비탈길이 너무 힘에 부쳤다. 해맞이마을을 지나 뒷산을 올라가는 중이었다. 전에도 이쪽 길을 몇 차례 올랐는데 이렇게 숨이 차기는 처음이었다. 500원짜리 동전만 하게 커진 발바닥 티눈 때문만은 아니었다. 걷기에 중독되다시피 하면서 티눈은 피고 지는 꽃처럼 발바닥에서 생겼다 사라졌다. 아프면 아픈 대로 걸었다. 스무 살에 독립한 뒤로 집 생각이 날 때면 서울의 숲길과 천변길을 종일 걸었다. 첫 직장에서 회계장부의 금액이 맞지 않다는 책임을 덮어쓰고 권고사직을 당했을 때도 혼자 시큰거리며 걸었고, 남편이 사업을 한다며 아파트를 담보 잡혔을 때도 종일 걷기만 했다. 사업을 시작하면서 실장으로 데려온 여자가 전 직장에서부터 사귀던 사이라는 걸 알았을 때도 무작정 걸었다. 시시비비를 따지는 게 싫었다. 벌어진 사태를 펼쳐놓고 들여다보는 짓은 생각만 해도 끔찍했다. 그래서 걸었다. 나는 내가 그렇게나 스트레스에 취약한 인간이라는 것이 왠지 짠하고 서러웠다. 남편에게든 누구에게든 내가 약하고 청승스러운 인간이라는 걸 들키고 싶지 않았다. 벗어나는 게 사는 길이었다. 어떤 정언명령이 등을 떠민 듯 나는 걸었다. 걷고 걷고 걷다 보면 누군가… 내가 그리던, 기다리던 무언가가 내 앞에 나타날 것만 같았다.

이렇게 힘든 건 마음이 볶여서일 것이다. 뒷산 소공원을 저만치 앞두고서 쏟아지는 땀을 닦았다. 마음이 볶인 상태에서 걷는 건 걷는 게 아니었다. 걷는 건 때려치우고 누군가를 불러내 원두향이 감도는 카페에서 수다라도 떨고 싶었다. 몇몇의 이름을 떠올렸지만 마땅히 불러낼 사람이 없었다. 기부금 요청 메일에 얹혀온 소식란으로 여상 시절 자주 어울렸던 친구들의 근황은 알았지만 연락을 하고 싶지 않았다. 내가 그들의 근황을 알듯 내 근황 역시 그들도 알고 있을 거였다. 졸업식도 하기 전에 취직을 핑계로 집을 떠나면서 내가 잃은 것이 생각보다 많은 것 같았다.

어떤 면에서 나는 자격을 상실한 인간이었다. 나는 자격을 상실한 인간답게 굴었고, 내 주제를 지켰다. 내 딴은 그게 예의였다. 열 살의 아버지에게 엿판을 메게 한 할아버지는 아버지의 아버지 자격이 없었다. 고등보통학교를 나와 교사 자리도 들어오고 시청에서 근무할 기회도 있었다는데 할아버지는 하나같이 마다했다 한다. 자식을 넷이나 두고서 바깥세상을 보겠다며 집을 떠났다.

놉을 해서 돈을 좀 모아놓으면 그것을 들고 나가 신의주며 블라디보스토크며 돌아다니다 돈 떨어지면 병든 거지꼴로 돌아오곤 했다던 할아버지는 마지막 유랑에서 객사했다.

그런 무자격자 아버지를 아버지는 어째서인지 죽으라고 찾아다녔다. 아버지는 기관사를 거쳐 철도안전감독관이 되면서 본격적으로 할아버지의 묘를 찾으러 다녔다. 동해남부선과 경부선의 역을 순환 방문하면서 근무 동태와 업무 현장을 살피고 나면 역 근방에 있는 산을 둘러보고 돌아왔다. 쉬는 날에도 새벽밥을 먹고 나가 할아버지가 갔다는 도시를 돌아다녔다. 그러고 돌아오면 밤새 끙끙 앓다가 출근했다. 아무도 알아주는 사람이 없는 그 일을 아버지는 지치지도 않고 꾸준히 했다. 퇴직하면서는 퇴직금의 반을 찾아 집안 선산을 조성했다. 퇴직금을 일시불로 찾을 것인지 연금으로 탈 것인지, 찾으면 어떻게 쓸 건지에 대한 권리가 엄마한테도 있다는 생각을 안 했던 거다.

"엉뚱한 디다 돈 쏟아붓는 거하며 하는 짓이 영판 도깨비 아닌가배."

등산복 차림으로 지도와 나침반을 챙겨 들고 나서는

아버지를 보면서 엄마가 중얼거렸다. 지도와 나침반이 필요한 곳은 혼들이 떠도는 산중이 아니라 온 식구가 표정을 잃어버린 집구석이었는데, 아무도 그런 말을 입 밖에 내지 않았다. 아버지는 당시 가족의 시간에서 완전히 벗어나 있었고 약간 제정신이 아니었던 것 같다. 미쳐야 미친다더니, 할아버지를 찾아다니면서 실묘(失墓)한 문중 조상 몇 분까지 선산에 모셔 온 일로 아버지는 종친회 운영진의 마음을 움직였다. 종친회에 가도 조실부모한 처지라 말석에나 앉던 아버지가 무슨 추모제 때 공로상을 받은 것이다. 상패를 안고 찍은 열댓 장의 사진 속 아버지는 내가 알던 아버지가 아니었다. 세상에서 제일 좋은 선물을 품에 안은 아이처럼 아버지는 천진하게 활짝 웃고 있었다.

"미친 짓 많이 하고 갔다."

작년 여름 아버지의 장례식 제단 앞에 앉아 졸던 엄마가 퍼뜩 고개를 들고서 한 말이었다. 아침에 연제구에만 코로나19 확진자가 세 명이 발생했다는 문자가 날아와 장례식장은 휑빈했다. 엄마, 머리는 괜찮나. 무슨 일만 생기면 두통으로 쩔쩔매는 엄마를 보는 게 내 머릿속 통증을 견디는 것보다 더 힘들었다. 엄마는 손으로 이마를 짚더니 고개를 갸우뚱했다. 오늘은 괜찮네. 엄마가 말간 얼굴로 말했다.

아버지가 죽은 뒤 엄마를 괴롭히던 두통이 뚝 끊겼다. 나는 아니었다. 10대 후반부터 시작된 두통은 수십 년째 나를 괴롭혔고, 작년 여름 아버지가 죽고 나서도 생리처럼 거르지 않고 찾아왔다. 조짐은 환청이었다. 때로는 매미 소리로, 때로는 그라인더 기계 소리로, 때로는 미희야— 내 이름을 부르는 목소리로 찾아왔다. 환청과 두통은 내 삶을 죄어오는 쇠고리였다. 엄마는 아버지가 돌아가시는 날 쇠고리를 벗어던졌다. 평생 엄마를 옥죈 아버지가 막판에 엄마에게 베푼 호의였다. 죽음의 차가운 기운을 쐬고서야 자신이 집 안에 뿌린 차갑고 매서운 기운이 어떤 것이었는지 알아차렸는지도 모른다. 어쩌면… 그래서 도깨비로 나타났는지도 모르고.

뒷산 소공원에 올라선 나는 가쁜 숨을 내쉬며 앉을 자리를 찾았다. 공원 가장자리를 따라 띄엄띄엄 놓인 벤치에는 사람들이 한두 명씩 앉아 있었다. 거리두기가 완화됐어도 모르는 사람과 한 벤치에 앉았다간 외계인 취급을 당할 거였다. 전망대의 긴 벤치는 부부이지 싶은 두 노인이 차지하고 있었다. 표정을 읽을 수 없는 얼굴로 무연히 쳐다보는 두 노인을 지나쳐 전망대 난간에 기대어 섰다. 해맞이마을과 거제해맞이역이 보였다. 예전 남문 구역 자리에 거창하게 지어진 거제역도 보였다. 구름다리 아래 어디쯤이라던 진짜 거제리역은 종적이 없었다. 앞으로 누구에게 호명될 일도 없을 것이다. 거제리역을 증명하는 건 아버지가 술에 취해 들려주었던 이야기뿐이었다.

전차에서 내리는 어른들 앞에 엿판을 내밀면 남자들은 걸거친다고 머라카기만 하지 안 사주더라고. 사 가는 건 열에 아홉은 아주머이들이라. 어린 기 안됐다고 돈을 싸맨 가제 손수건을 풀었지를. 그라이 내가 선로작업을 하기 전까지 엿판을 안 멨나. 몇 년을 멨는데 동생들이 그렇게 먹고 싶어 하는 엿가락 하나를 입에 못 물려줬다. 엿 한 판 다 팔아야 보리쌀 한 줌을… 거기서부터 아버지의 음성이 젖었다. 두 오빠는 지겨운지 쿵쿵 틱 증상을 드러냈지만, 나는 이불 속에서 아버지의 이야기에 귀를 기울였다.

엿판을 메고 다니면서 아버지는 거제리 일대에서 제일 큰 공장인 조일견직 사장도 만나고 일본인 약국 주인도 만나고 깡패와 양아치도 만났다. 개중 깡패가 인심이

후했다고 아버지는 말했다. 당시는 시절이 시절이라 깡패들이 돈이 많았다고, 깡패에게 죽은 귀신도 만났고 도깨비도 만났다고 했다. 아버지가 만난 손님 중에 도깨비 이야기는 여러 번 들어도 재미있었다. 술에 취해서 한 이야기를 하고 또 하는 아버지가 싫지 않았다.

엿판을 메고 다녔던 아버지의 어린 시절이 기억의 자장에 머물렀다 가면서 내 속의 무언가를 떼어 간 모양이었다. 속이 텅 빈 듯 허기가 느껴졌다. 뜨끈뜨끈한 국물에 밥이라도 말아 먹고 싶었다. 폐경한 지 일 년이 넘었으니 애가 들어섰을 리도 만무한데 쿰쿰한 국물 맛과 삭은 깍두기가 미치게 당겼다. 나는 체리 세이지와 매리골드가 빽빽한 꽃밭을 돌아 내리막길로 걸음을 옮겼다. 거제리 시장으로 가려면 내가 올라온 쪽이 아닌 계성여상 쪽으로 내려가는 게 빨랐다.

이상하네. 여기에 길이 있었던 것 같은데…. 뒷산 소공원에서 죽 내려오다가 계성여상 뒤로 빠져나가는 골목에서 나는 걸음을 멈췄다. 이쯤에 마을로 빠지는 샛길이 분명 있었는데 들어서고 보니 막다른 골목이었다. 여기가 아니고 다른 골목이었나. 골목을 나와 그 옆 골목으로 들어갔는데 역시 막다른 골목이었다. 골목을 막은 합판에 '거제2구역 재개발정비사업'이라고 적어놓은 게 보였다. 아까 소공원에서 자잘한 집들을 밀어버리고 아파트 건물을 올리는 산등성이 공사현장이 보였는데 저 합판 너머가 그곳인 듯했다. 계성여상 쪽으로 간다는 게 반대쪽으로 빠진 게 분명했다. 이럴 때는 원점복귀가 답이었다.

나는 치명적인 길치였다. 낯선 길에서는 두려움과 함께 긴장이 섞인 설렘을 느꼈고, 자주 길을 잃었다. 나는 또 길을 잃을 거야, 생각하는 날은 어김없이 길을 잃었다. 처음 길을 잃은 건 다섯 살인가 여섯 살 때였다. 길을 잃었던 곳이 정확히 어디인지 모르겠는데 근처에 하천이 흐르고 있었다.

내 기억으로는 한없이 오래 걸었던 것 같다. 엄마를 찾아 나선 길이었다. 엄마는 종종 점방을 비웠고 사람들은 외상을 달아놓으라며 물건을 집어 갔다. 오래 기다려도 엄마가 안 오면 오빠들과 내가 찾아 나섰다. 나는 옆집과 뒷집, 삼거리 연탄집까지만 가보고 없으면 점방으로 돌아왔다. 그날은 어린것이 무슨 생각을 했는지 삼거리 연탄집에서 거제리 시장 쪽으로 내처 걸어 내려갔다. 장검을 등에 찬 아저씨가 눈을 부라리고 있는 간판 그림이 보였다. 동궁극장이었다. 거기까지가 내가 가본 세상의 끝이었다. 나는 세상의 끝을 지나 걸어갔다. 집으로 간다고 갔을 것이다. 집이건 어디건 그냥 발길 닿는 대로 무작정 걸었는지도 모른다. 배가 고팠고 목도 말랐을 것이다.

걸으면서 엄마 생각을 했다. 엄마는 어둡고 맹한 눈으로 나를 물끄러미 보았다. 엄마가 그런 식으로 나를 보는 게 어쩐지 싫었다. 두통을 앓는 엄마의 찡그린 얼굴을 마주하고 있으면 어린 마음에도 슬픔과 울분이 괴어올랐다. 도랑을 흐르던 시끄러운 물소리가 여자아이의 생선 같은 몸을 통해 흘러들고 흘러나갔다. 나는 집에 돌아가고 싶지 않았다. 어렸지만 나는 그것이 내 진심인 것을 알았다. 무섬증이 밀려들었다. 날씨가 갑자기 싸늘해졌다.

몰랐는데 비가 내리고 있었다. 옷이 젖어 들고 몸이 오소소 떨렸다. 억지로 누르고 있던 목구멍이 열리면서 어응응 눌린 울음소리가 밀려 나왔다. 나는 울면서 걸었다. 비가 얼굴을 타고 내리고 눈물이 비를 타고 줄줄 흘러내렸다. 금세 날이 어둑해졌다. 이번엔 진짜로 무서웠다. 어스름이 내려앉은 길 저 끝에서 누군가 달려오고 있

었다. 나는 걸음을 멈추고 빗속을 달려오는 사람을 기다
렸다. 헉헉 숨찬 소리를 내며 달려온 사람은 아버지였다.

기억이 났다. 세상의 끝을 지나 걸어가던 그곳…. 주
변이 마을이었는지 논밭이었는지 기억나지 않지만, 옆으
로 하천이 흐르던 길에서 아버지를 만난 일이 또렷이 떠
올랐다. 아버지가 나를 덥석 안았다. 아부지. 울음을 터
뜨린 건 내가 아니었다. 젖은 땅바닥에 무릎을 꿇고 앉
은 아버지가 허엉 울음을 터뜨렸다. 아버지가 우는 바람
에 놀라서 나도 따라 울었다. 아버지가 축축한 손수건을
꺼내 내 얼굴을 닦고 코를 풀어주었다. 그날 아버지 손
을 잡고 비를 맞으며 걸어간 곳이 거제리 시장통이었다.
시장통에서 아버지와 나는 국밥을 먹었다. 국밥 냄새에
체리 세이지의 초콜릿 향이 섞여들었다.

나는 뒷산 공원의 운동기구를 모아놓은 데로 가서 싯
업보드에 앉았다. 벌떡거리는 가슴께를 누르고 있자 심
장이 잔잔해지면서 허기가 사라졌다. 선캡을 쓴 여자가
죄송한데, 하며 말을 걸었다. 무슨 일인지 묻는 눈길을
던지다 아차 싶어 싯업보드에서 일어났다. 싯업보드에
앉아 준비운동 자세를 취하던 여자가 나를 힐끗 보았다.
내가 이상하게 보이나. 내 꼴이 엉망인가. 생각하며 나는

꽃들의 정원을 지났다.

처음에 올라온 길로 내려서서 한 십 분 걸었나. '기억의 숲길'이라고 이외수풍의 캘리그라피로 글씨를 써놓은 팻말이 눈에 띄었다. 여기에 무슨 숲길이… 있을 것 같지 않았는데, 있었다. 덤불이 우거진 울타리 너머로 소로가 나 있었다. 소로는 어귀만 좁았지 몇 걸음 들어가지 않아 서너 명이 나란히 걸어도 될 만큼 넓어졌다. 50미터쯤 걸어 들어가자 너른 정원을 가진 저택의 문이 보였다. 저택이나 정원의 광대함에 비추어 문이 다소 작은 것으로 봐서는 뒷문이지 싶었다. 정원 저 안쪽은 나무 울타리에 가려 잘 보이지 않았다.

담장 위로 뻗어 올라간 나무를 힐긋거리며 저택을 빙 돌아서 정문 쪽으로 갔다. 거제동에 이런 집이 다 있었나. 고급스러워 보이는 정원수와 바로크풍의 조각상으로 가득 찬 정원을 보며 나는 좀 흥분했다. 창살 대문은 굳게 닫혀 있을 것 같더니 힘을 세게 주지도 않았는데 슬며시 밀렸다. 남의 사저에 함부로 들어가도 되나. 당연히 안 되지. 생각하면서도 발이 저절로 대문 안쪽을 향했다. 경고 벨이 울리면 바로 튀기로 하고 휴대폰을 꺼내 개념 없는 등산객처럼 찰칵찰칵 찍는데 어디에서도 기척이 없었다. 완전히 고요했다.

　나는 조각상과 조형물을 구경하며 박물관처럼 보이는 건물 가까이 갔다. 독특한 질감의 콘크리트로 마감한 2층 건물은 정면 오른편이 대형 창이었다. 시선차단필름을 붙였는지 안쪽이 보이지 않았다. 필름에 반사된, 비쩍 마른 중년 여자를 보자 어이쿠 싶었다. 얼른 창에서 비켜나 자잘한 돌을 밟으며 건물 뒤편으로 돌아갔다.

　건물 뒤편으로 간 나는 입안을 크게 부풀려 조용히 탄성을 토했다. 저택의 정문에서 볼 수 있는 정원보다 대여섯 배는 됨직한 정원이 펼쳐져 있었다. 도깨비에 홀린 거 같았다. 말 그대로 정원석들의 전시장이었다. 동물 같기도 하고 괴물 같기도 한 이상한 모양의 정원석을 구경하며 나는 숲이 무성한 언덕을 향해 걸음을 내디뎠다. 포플러나무, 자작나무, 소나무 등이 제법 빽빽한 언덕은 뒷산으로 이어지는 모양새인데 정상까지 길이 나 있는 듯했다. 아침에 일어나 물 한 컵 마시고 가볍게 산정에 올랐다 내려오는 생활을 머릿속에 떠올리자 부러워서 한숨이 나왔다.

　언덕 아래에는 연못이 있었다. 너른 연못 한가운데 자잘한 돌이 덮인 자갈섬이 있고… 맙소사, 거기 진짜로 도깨비가 있었다. 아니, 아닌가. 나처럼 꽃무늬 마스크를 쓴 도깨비가 분명히 저기 서 있었는데 내리쬐는 빛의 각도가 바뀌면서 사라졌다. 연못가를 따라 이리저리 자리를 옮겨보다가 아까 서 있던 자리로 돌아왔다. 그 자리에서 얼핏 도깨비를 다시 본 듯했다.

내가 선 자리에서부터 연못 한가운데 자갈섬까지 기기묘묘한 정원석이 일렬로 놓여 있었다. 모양새가 어떻든 디딜 데가 있는 것을 보니 징검돌인 듯했다. 나는 징검다리의 첫 번째 돌에 올라섰다. 아무 생각 없었다. 몇 걸음 다리를 크게 벌려 내딛는데 징검돌의 솟은 부분을 밟았는지 티눈 쪽에 화끈한 통증이 꽂혔다. 아으윽 신음을 내며 그 자리에 쪼그리고 앉았다가 금방 일어났다. 누군가 나를 보고 있다는 느낌이 들었다. 시선은 작은 섬 반대편 다리 위에서 날아왔다. 아까 잠깐 나타났다 사라졌던 도깨비였다. 내가 걸음을 내딛자 그쪽도 다리를 크게 벌려 징검돌을 옮겨 디뎠다. 나 못지않게 신중한 걸음이었다. 저렇게까지 경계할 건 없는데…, 생각하며 자갈섬에 올랐다. 반대편에서 온 사람도 섬에 올랐다.

낯은 익은데 모르는 사람이었다. 한쪽으로 비켜서자 상대방도 같은 쪽으로 비켜섰다. 다시 반대쪽으로 비켜

선 3초 뒤에야 큭, 하고 웃음이 터졌다. 내가 마주한 건 거울 속의 나였다. 나는 연못의 자갈섬에 세워진 대형 거울을 바라보며 징검다리를 건너온 거였다. 거울 저편에 선 사람이 심각한 얼굴로 나를 쳐다보았다. 나는 실로 도깨비에게 홀린 것이다. 거울 속 나는, 나를 닮지 않은 낮도깨비였다. 낮도깨비는 내가 마음에 덜 찬다는 표정으로 인상을 썼는데 눈은 웃고 있었다. 삶의 즐거움과 행복을 다 포기한 사람의 눈 같지는 않았다. 두 달 전, 느닷없이 내 앞에 나타났던 정월대보름의 도깨비는 내 인생을 간섭하려던 게 아니었다.

"이혼은 해서 어쩔라고. 가정은 본시 부녀자가 지키는 것이 법도인데⋯⋯."

거울 속 도깨비가 말했다. 알아. 알겠다고. 내가 손을 내저었다. 정월대보름의 도깨비는 스무 살의 내가 집에서 튕겨 나왔듯 다시 또 내 자리에서 튕겨 나오지 말라는 말을, 소통에 지지리도 서툰 도깨비답게 한 거였다. 전 재산인 두 채의 아파트를 두 아들에게만 나눠주는 것으로 자신의 원칙을 넘어서지는 못했지만, 아버지를 벗어던진 도깨비의 오지랖으로는 딸의 인생을 염려하며 격려하고 싶었던 거다. 그렇게 믿고 싶었다. 이것이 자신을 속이는 거라 해도, 슬쩍 넘어가 주기도 하면서 비로소 버틸 수 있는 삶도 있는 거라고 나는 생각했다. 마주 선 도깨비의 얼굴에 짠한 표정이 얹혔다. 아니, 오버하지 말고. 그 정도는 아니지. 나는 고개를 젓고 거울 앞에 다가섰다.

"이제 거제리역으로 가도 돼. 가서 왜 내 앞에 도깨비로 나타났는지 안다고 말해. 다 잊었고 다 용서한다고…. 용서해보겠다고 말해. 나는 여기까지지만 너는… 너는 낮도깨비니까 말할 수 있잖아."

낮게 속삭이는 순간 번쩍 거울이 열리고 맞은편 도깨비가 어깨를 숙여 나를 안았다. 엉겁결에 안긴 나는 다소 기가 막혔지만, 불편한 자세로 서 있었다. 도깨비는 코가 막히는지 숨을 식식거렸다. 귀에 익은 소리였다. 아버지가 쉬는 날 거실 마루에 누워 잠이 들면 오빠들과 나는 안방으로 몰려가 볼륨을 낮추고 텔레비전을 보았다. 아버지가 식식 콧김을 내뿜는 동안 집 안은 평온했고 우리는 불안하지 않았다. 아버지는 기관조사를 할 때 다친 허리병 때문에 자는 중에도 앓는 소리를 냈다. 앓는 소리에 텔레비전 볼륨을 높이면 아버지는 끙끙 앓는 소리를 더 높였다. 나는 어깨를 떼고 낮도깨비를 보았다. 야원 볼과 앞으로 굽은 어깨는 정월대보름에 만난 도깨비의 모습이었다. 구십 평생 받은 내상으로 형편없이 왜소해진 도깨비를 이번에는 내가 안았다. 어쩌다 그런 거죽을 뒤집어썼는지, 고슴도치의 뾰족하고 날카로운 가시가 온몸을 찌르며 늙어가는 딸의 핏속으로 흘러들었다.

작가노트

역마살이 들어서인지 일 년 열두 달을 서너 동강 내어 장소를 옮겨가며 살고 있다. 올해만 해도 제주와 서울과 부산을 오가며 살았다. 8월 9월은 담양에서 보냈고, 11월과 12월은 원주에서 지낼 예정이다. 한곳에 진득하게 눌러앉는 성격이 아니어서 그런가. 어떤 장소나 공간적 배경이 중심이 되어 서사가 완성되는 소설을 쓰지 못했다. 풍경에 대한 호기심은 있으되 장소에 대한 애정이나 공간에 대한 상상력, 시간의 흐름과 궤를 같이해 온 그곳의 삶에 무심하고 무지했던 탓이었다.

거제리역이라는 옛 이름을 버린 거제해맞이역과 거제동 일대를 들여다보면서 상상과 소망을 더하는 작업이 내게 돌려준 건 한 편의 소설만이 아니었다. 마지막 문장을 쓰는 순간, '공중부양증'을 앓던 내 몸이 땅 가까이 내려앉는 걸 느낄 수 있었다. 자기 정체성에 눈을 뜬 존재로서 최초의 기억을 더듬는 건 아픔을 이해하는 공간으로의 여행이고, 치유의 길이다. 이번 작업을 통해 깨달은 거다.

비대면 시대의 호출

21세기가 시작된 지도 21년이 되었다. 2021년, 지금은 COVID-19라는 권력이 4차 산업혁명을 지향하는 인간을 초토화시키고 있는 형국이다. 이 재난영화의 결말이 어떻게 될지 우리는 알 수가 없다. 백신은 부익부 빈익빈을 조장하며 국가 간 위화감과 분열을 일으키고 있다. 무력한 국가의 국민은 낮게 엎드린 자세로 조심스레 살얼음판을 걷는 현실이다.

그런데도 21년의 봄은 유독 우리에게 빨리 다가왔다. 코로나 바이러스에 지친 우리를 화사한 꽃향기로 위로하기 위함일까. 계절의 순리대로 꽃은 피었고, 새 눈을 틔웠으며 나무는 초록 물을 힘 있게 뿜어 올렸다. 우리는 엄정한 자연의 순환과 막강한 바이러스의 대치 속에서 할 일을 찾아 몰두하고 온 힘을 다해 살아가려고 한다. 격리의 시간, 비대면 시간이 길어질수록 우리의 결속, 유대는 절실해지고 서로를 부르고 응답하며 견디는 방식을 터득했는지 모른다. 비대면 시대의 억눌린 욕구로 인해 만나고 싶고 호출하고 싶은 것들이 점점 많아졌다. 무엇을 호출하고, 하지 않아야 하는지가 과제가 되는 시기이다.

비대면 시대인 요즘, 아바타로 살아가는 공간인 메타버스(Meta+Universe)가 부상하고 있다고 한다. 우리는 아바타로 말하고, 생활하고 다른 사람을 만나며 취미, 문화 생활을 즐길 수가 있다. 어릴 때부터 디지털 기기에 익숙한 디지털 네이티브 세대는 소통을 하되, 감정을 잘 싣지 않는다고 한다. 감정 표현을 '좋아요'와 '싫어요'로 하는 데 익숙하고 그 이상의 감정을 표현하는 것을 낯설어한다. 메타버스의 세상에서는 감정의 절제가 더 간단하고 실제의 자신의 심리를 숨기기도 용이할 것이라고 본다. 내 안에 많은 아바타를 구비해놓고 장면과 상황에 따라 호출하여 임기응변식으로 대응한다면 감정의 손상 없이 편리하게 살아가는 방식을 터득할 수 있을 것이다.

개성 없이 두루뭉술한 아바타는 '나'에게만 있는 게

아니라, '너'에게도 있기 때문에 교묘한 위장이 가능하다. 때로는, 내 안의 많은 아바타들이 두더지처럼 불쑥불쑥 나오기 때문에 그것들을 감추기 위해 망치를 들어야 한다.

원하는 아바타로 상상하는 것이 이루어지는 메타버스에서는, 소설의 공간과 인물도 더욱 확장되고 자유로워질 것이다.

2020년 1월, 부산이 국제관광도시로 선정되었다. 국제적 위상을 높이고 국제관광도시로 발돋움하려는 찰나에 코로나의 역습을 받은 상태다. 그러나 '부산'을 화두로 한 인문학 서적, 관광안내 서적들은 연이어 나오고 있다. 부산에 삶의 터전을 둔 작가들 사이에 '부산'을 주제로 테마소설집을 만들면 어떨까, 하는 제안이 자연스레 흘러나왔다.

테마 소설의 의의를 "문학은 인간이 더 나은 삶을 위해 싸울 때 필요한 정신적 버팀목이 된다"라고 말한 르클레지오에 기대어 말하고 싶다. 여섯 명의 작가가 모여서 진행한 테마 소설 작업은 우리 삶의 터전과 살아온 세월에 깊이 뿌리내린 감정들과 마주하게 해줄 것이다. 독자들은 붉은 상흔으로 남은 우리의 아픔과 슬픔을, 희망과 절망과 수치와 모멸감을, 상처의 치유를 이끄는 손길을 마침내 마주하게 될 것이라 믿는다.

우리에게 주어진 미션은 두 가지였다. '부산지역'이라는 공간적 배경에서 '중독성'이라는 주제를 단편소설에 담아내자는 것이었다. 두 달 후, 여섯 편의 소설을 공유하여 읽었을 때 우리는 다음의 특이점을 발견할 수 있었다.

각 소설에서 우리가 담으려 한 두 가지의 공통성 외에도 '죽음'이라는 단서를 발견하게 되었다. 현재 우리가 처한 현실이 늘 죽음의 엄혹한 상황으로부터 자유롭지 못하다는 무의식 때문이었을까. 공통적으로 흐르는 '죽음'이라는 문제에 우리는 쉽게 공감할 수 있었다.

또한 지역성이 강한 작품과 중독성이 강한 작품으로 분류되었다. 지역성이 강한 작품으로 〈다락방의 상자〉, 〈콘도르 우리 곁에서〉, 〈거제리역에서 도깨비를 만나〉를, 중독성이 강한 작품으로 〈귀부인은 옥수수밭에〉, 〈아무도 모른다〉, 〈끝나지 않은 약속〉을 들 수 있다.

이런 특징을 가지고 있으면서, 각기 뚜렷한 색깔을 지녀 다양한 여섯 개의 스펙트럼을 보여주는 것이 이 테마

소설집의 특색이 될 것이다.

김민혜의 〈다락방의 상자〉는 30년 전의 과거를 소환하여 이야기를 풀어간다. 회사에서 퇴직한 60대 진교는 시민공원 인근 주택으로 이사를 하게 된다. 집수리를 하던 중 다락방에서 정체불명의 상자가 발견되는데 90년대 하야리아 부대 미군이 쓴 것으로 보이는 편지와 한국 여자가 미군과 함께 찍은 사진 등 잡다한 것이 들어 있다. 상자의 주인을 찾는 과정에서 진교는 뜻밖의 사실을 발견하고 놀라움을 금치 못한다.

박영애의 〈콘도르 우리 곁에서〉는 망각과 기억에 대한 이야기다. LA에 살던 나는 고국에 들러 예전에 살던 동네에 있는 증산공원으로 간다. 부산진성이 있었던 그곳은 임진왜란 후 공동묘지로 변했고, 동물원 공사가 시작되자 무덤들이 이장되었다. 거의 완성 단계에 있었으나 개원하지 못한 동물원 우리에는 집 없는 사람들이 들어가 살았다. 산 사람과 죽은 사람의 경계에서 살았던 나는 유령들이 웅얼대는 말을 알아듣지 못해 오래 힘들었다. 그러나 현장에 가자 희미하게나마 그들의 말이 들리기 시작한다.

조미형의 〈귀부인은 옥수수밭에〉는 창조 중독을 이야기한다. 모자이크 아티스트 윤나백은 부산 임랑 바닷가의 엔진 없는 낚싯배에서 생활한다. 말미잘 매운탕 가게를 하는 우봉과 서핑 숍을 하는 도욱의 강요로 나백은 SNS 계정에 동영상을 올린다. 한여름, 각자의 욕망에 중독된 세 남자가 만들어내는 기이하고 파괴적인 이야기이다.

오영이의 〈아무도 모른다〉는 폭력 중독을 이야기한다. 양모의 폭력에 희생된 다섯 살 여자아이의 죽음을 다룬다. 해운대 바다를 안마당으로 거느린 초고층 아파트 안에서였다. 태어나 한 번도 친구를 만들어보지 못한 양모는 폭염이 심한 날 아이를 차에 방치하고 벽에 머리를 박는다고 해서 아이가 그렇게 죽어버릴 줄은 몰랐다. 하지만 병아리처럼 유약한 아이는 이유도 모른 채 피투성이가 되어 숨을 거두었다. 폭력이란, 이유 따위 없이도 시작될 수 있고 그렇게 중독되기도 한다. 아무도 모르게.

장미영의 〈끝나지 않은 약속〉은 오래전 죽은 엄마에
대한 아이의 애착을 다룬다. 수진이 뇌종양으로 죽은 뒤
나는 이끌리듯 돌산마을로 오게 된다. 돌산마을은 수진
과 내가 함께 자란 곳이다. 어느 날 딸 채영이가 배가 불
룩한 아줌마가 집 앞에 서 있다 갔다는 말을 한다. 그날
저녁 채영이는 아줌마와 대화를 나눈다. 그 뒤로도 채영
이는 아줌마랑 돌산마을에도 가고, 손수건 사건이며 채
영이가 사라지는 일이 연이어 발생한다. 나는 수진의 집,
벽화 앞에서 엄마와 전화 통화를 하고 있는 채영이를 발
견하고 채영이의 생일날, 나는 수진에 대한 이야기를 해
주기로 결심한다.

안지숙의 〈거제리역에서 도깨비를 만나〉는 용서와 화
해에 대한 이야기다. 중년에 이른 나는 이혼 위기에 맞닥
뜨리고, 노모가 고관절 부상을 당하자 간병을 핑계로 부
산 집으로 내려온다. 힘든 일이 있을 때마다 오로지 걷는
것으로 삶을 버텨온 나는 매일 온천천변을 걷는다. 그러
다 우연한 기회로 동해선 둘레길을 걷게 된다. 동해선 둘
레길은 철도원이었던 아버지와 인연이 깊은 장소다. 둘레
길에 들어선 나는 고슴도치 가죽을 덮어쓴 도깨비를 만

나게 된다.

이 여섯 편의 소설은 작가들의 목소리인 동시에 부산의 목소리가 되어줄 것이다. 비록 작은 목소리로 시작되었지만 크고 새로운 담론의 장을 만들어 큰 울림을 만들어낼 것이라고 믿는다. 우리의 앤솔로지가 한국문학의 발전에 작은 불씨로 살아나기를 염원하며, 응원해주신 선후배 작가들에게 감사함을 전한다.

2021년 9월
6인 작가 일동